長編小説

となりの甘妻

草凪 優

竹書房文庫

目次

※この作品は竹書房文庫のために
書き下ろされたものです。

プロローグ

ふらついた足取りで、三橋哲彦《みはしてつひこ》は路上に置かれた粗末な椅子に座った。夜の暗がりにポツンと光っていた「占」の文字に釣られてのことだ。相対したのは、黒いベールを被った占い師。メガネをかけた三十前後の女だったので、少しがっかりした。占いのようなものは、老境に差しかかったベテランのほうが当たりそうな気がする。とはいえ、したたかに酔っ払っていたので、一度座ってしまうと立つのが面倒だった。

「女運を見てもらえませんか？」

呂律《ろれつ》のまわらない口で言った。最初の居酒屋で生ビール二杯に酎ハイ五杯、二軒目のバーでハイボール三杯とシングルモルトを四杯飲んだ。こんなに酔っているのは久しぶりだが、そんなことはどうだっていい。

「僕はね、占い師さん。女運ってものに見放されているような気がしてしょうがないんですよ。そうでなければ、いくらなんでもこの仕打ちはおかしすぎる。あまりにも理不尽だ」

哲彦は三十歳、製薬会社の総務部に勤めているごく普通のサラリーマン――地味なサラリーマンでもいいし、冴《さ》えないサラリーマンでもいいが、特別いいこともない代わりに、特別悪いこともない、言ってみれば穏やかな人生をつい最近まで歩んできた。

とくに女関係がそうで、若いころからモテた記憶はほとんどない。しかし、地味で冴えないなりに恋愛はしてきた。同棲して一年、結婚を考えるに至った女もいた。プロポーズをして快諾され、お互いの家族への挨拶まですませていた。哲彦は結婚に備えてそれなりに蓄えをしていたが、彼女は派手な結婚式も豪華なハネムーンもエンゲージリングさえいらないと言った。

「代わりに……って言ったらおかしいけど、家を買わない？　郊外の小さいおうちでいいの。結婚式やハネムーンは思い出に残るでしょうけど、消えてなくなっちゃうじゃない？　ダイヤの指輪だって箪笥《たんす》の肥やしになりそうだし……その点、家を買えば、毎日幸せを嚙《か》みしめられるもの」

彼女の意見には説得力があった。家はどうせいつかは買うものだろうし、ならば早めに買っておいたほうが家賃を払う無駄がない。それに、毎日幸せを嚙みしめられるという決め台詞《ぜりふ》に心を打たれた。この女は俺と結婚することを幸せに感じてくれているのだなと感動さえしながら、一緒に建売住宅を見てまわり、完成間近の物件を購入する運びとなった。

なのに……。

彼女は突然、哲彦の前から去っていった。家が完成し、引っ越した日に婚姻届を出そうと話していた翌日に、別れ話を切りだされて卒倒しそうになった。別れる理由をいくら訊ねても、教えてもらえなかった。

彼女は三つ年下で容姿は可愛く、セックスの相性もよければ、家事だって得意だった。しかし、移り気なところがちょっと気になっていた。ラーメン屋に入って塩ラーメンを頼み、店員が注文を通してから、「あっ、やっぱり味噌ラーメン」と言い直すようなことがよくあった。

（要するに、他に好きな男ができたってわけか……）

もちろん、結婚相手はラーメンとは違う。それほどイージーに心変わりしたのではないかもしれないが……。

「ねえ、占い師さん。ひどい話でしょ？　あんまりだって思いますよね？　おかげで僕は、三十五年のローンを抱えて、ガランとした一軒家でひとり暮らし……そりゃあね、僕なんてなんの取り柄もないしょぼくれた男ですよ。捨てられたって当然かもしれないですよ。それにしても……」

熱いものがこみあげてきて、涙ぐむのをどうすることもできなかった。

「まあ、いいです……過ぎたことなんてどうだっていいんだ。僕はいま、みじめな過去を嘆くために、占い師さんの前に座ったわけじゃない。未来を教えてください。僕はこれから、素敵な女性と巡り会うことができるのでしょうか？　僕を捨てていったあの女より、ずっと美人で気立てもよくて、食べ物の好みから体の相性までばっちりな人に……出会えるなら、いいんですよ。なるほどこういう運命だったのかと、僕を捨てた女のことだって許すことができる……でも仮にですよ……仮にこのまま一生独身なんてことになったら……」

嗚咽《おえつ》をもらしそうになり、哲彦は声を荒げた。

「ねえ、教えてくださいっ！　僕は……僕の未来は……」

「隣の女……」

占い師はひどくクールな声で言った。

「あなたの隣にいる女に、運命を感じます。ただ、いまはまだ、隣にはいないかもしれない。隣に現れる女を常に意識して、チャンスは逃がさないで」

「……隣の女、ですか」

　哲彦は息を呑み、占い師をじっと見つめた。よくよく観察してみれば、黒いベールを被っていても、かなりの美人だった。ハーフのように彫りが深く、眼鼻立ちが整っている。銀縁メガネの奥で切れ長の眼が麗《うるわ》しく輝いて、ともすれば吸いこまれてしまいそうである。

　美しさは正義だった。老境に差しかかったベテラン占い師でなくても、彼女の言うことなら当たってくれそうだと、哲彦はその言葉を信じることにした。

第一章　終電妻の誘惑

1

我ながら馬鹿なことをしてしまった——哲彦は満員電車に揺られながら思った。

もちろん、先日の占い師の件である。

他になにもあるわけがない。

(ちくしょう、今日もきっちり混んでやがるな……)

終電間近の電車は、残業を終えた勤め人に、いつだって本日ラストの試練を与えてくれる。いつもと同じぎゅう詰め、同じように憂鬱《ゆううつ》な気分、くたくたに疲れきっているのに座りたくても座ることさえできない……占い師に未来を占ってもらってみたところで、哲彦の毎日はまったく代わり映えせず、華《はな》やぎも面白さもなく過ぎていくばかりである。

あの日はいささか飲みすぎていた。

未来の花嫁に突然逃げられ、気が動転して、いつもならしないことをしてしまった。ひとりで酒場のはしごをすることもそうなら、路上で占ってもらうのも生まれて初めての経験だった。

結果はただの散財だ。

手相・姓名判断・六星占術・易・水晶占い……彼女の美貌に魅せられて、メニューにあった占いを片っ端からやってもらった。おまけしておきますと言っていたが、二万円もぶったくられた。

馬鹿馬鹿しくて、もう溜息も出てこない。酔った勢いで占い師に未来を占ってもらったところで、新しい彼女などできないことはわかりきっていた。哲彦はもともとリアリストで、霊験あらたかなど信用したことはないのだ。

新しい彼女、あるいはもう一歩進めて、花嫁候補と巡り会いたいと真剣に思っているのなら、しかるべきマッチングサイトにでも登録したほうがずっといい。運命の出会いや、偶然から生まれる大恋愛を期待していいのは、容姿・学歴・収入がハイスペックな男に限られている。残念ながら、哲彦にはそれが備わっていない。わかっているなら、駆けこむべきは占い師の元ではなく、結婚相談所であろう。

「……ふうっ」

深い溜息をもらすと、電車がスピードを落として停車した。目の前に座っていたサラリーマンが立ちあがり、席が空いた。いちばん端の席だったので、哲彦はすかさず尻をすべりこませた。

ツイている、と心の中でガッツポーズをとる。自宅までの道のりはまだまだ長い。郊外の一戸建てなんか買ってしまったおかげで、通勤のストレスは倍増した。ここで小休止できるのは、ありがたい話である。

ぬくぬくと温かいシートに座ると、途端に睡魔が襲いかかってきた。

哲彦は抵抗しなかった。

眼を覚ましていても、人生はつらいことばかりなのだ。せめていい夢を見たかった。化粧品のＣＭに出てくるような美しい新恋人と、春のお花畑を散歩しているところを妄想しながら、深い眠りに落ちていった。

ハッ、と眼を覚ますと右の肩が重かった。

隣に座った女がもたれかかっていたからだ。それも、かなり大胆なもたれ方だった。

耳をすますと、小さな寝息が聞こえてきた。眠っているようなので、どかすのには注意と勇気が必要そうである。

寝ている間に、ずいぶんと都心から離れたらしい。先ほどまでぎゅう詰めの満員だった車内も、乗客がまばらになっていた。次の駅名を告げるアナウンスがされると、前の乗客がふたりまとめて立ちあがった。正面の窓ガラスに、自分たちの姿が映った。

（マジか……）

肩に頭を載せている隣の女は、なかなかの美人だった。瞼《まぶた》を落としていてもそうとわかるほど眼鼻立ちがすっきりと整い、ゆるやかにウエーブのかかった栗色の長い髪がその美貌をエレガントに飾っている。暖かそうなベージュのコートに同色のアンクルブーツ——装《よそお》いもおしゃれだ。年は二十六、七だろうか。これで性格もよければ、社内でお嫁さんにしたいナンバーワン間違いなしである。

（気持ちよさそうに寝てるから、起こすのは可哀相《かわいそう》だな……）

相手が妙齢の美女となれば、肩の重さなどまるで気にならなくなるから不思議だった。肩を貸す代わりに、匂いを嗅げばいい。くんくんと鼻を鳴らしてみると、ほんのりと柑橘《かんきつ》系の香水の匂いがした。彼女の栗色の長い髪は、哲彦の胸のあたりまでかかっていた。シャンプーの残り香が漂ってこないのは、夜だから当たり前か……。

鼻の穴をふくらませながら、三駅ほどその状況が続いた。残念ながら、次は自宅のある降車駅だった。そろそろ起こさなければならないと思ったとき、耳底にクールな声が蘇《よみがえ》ってきた。

『あなたの隣にいる女に、運命を感じます。ただ、いまはまだ、隣にはいないかもしれない。隣に現れる女を常に意識して、チャンスは逃がさないで』

もちろん、あの占い師の声である。

隣の女……。

これはまさしく、占い師が予言したシチュエーションではないだろうか？

もちろん、そんな愚かな考えは、すぐに打ち消した。電車で隣に女が座ることなど、いままでだってよくあった。降車駅が近づいているのに相手が寝ていた場合だって、三回くらいはあるはずだ。

いずれも、普通に起こして頭をどけてもらい、哲彦は電車を降りた。そんなこと、ごくごく当たり前の日常の一コマに過ぎない。

だが……。

いま肩に頭を載せている女ほど、美しい女がいなかったことも、また事実だった。はっきり言って好みである。美人は美人でも、はっきりした美人ではなく、ふんわりした美人なのだ。癒《い》やし系、というやつだろうか。そういうタイプがストライクゾーンのど真ん中というわけではないが、同棲相手に逃げられたばかりのせいだろう、傷ついた本能がやさしさを求めていた。

それに……。

電車の中で肩に頭を載せられるというシチュエーションは、日常的ではあるけれど、チャンスだったのかもしれない。つまり、自分はいままで、恋のチャンスをことごとく逃してきたとは言えないだろうか。

電車が徐々にスピードを落とし、降車駅のホームにすべりこんでいく。停車してドアが開き、駅名がアナウンスされる。

哲彦は動けなかった。

（一回だけだ……この一度だけ……）

占い師の言葉を信じてみようと思った。これをチャンスだと信じて食らいついていったらどうなるのか、この眼で確かめてみたかった。それくらいのことはしてみなくては、なんのために二万円も払ったのかわからないではないか。

ドアが閉まり、電車が再び動きだすと、哲彦の心臓は早鐘を打ちだした。

若いころから女性関係には消極的で、ナンパなど一度もしたことがない哲彦にとって、これはかなりの冒険だった。

　時計を見れば、午前零時を三十分も過ぎている。おそらく、上りの電車はもうないだろう。彼女がどこで眼を覚ますにしろ、哲彦はタクシーで帰らければならないのである。

2

　結局、終点に着いても彼女は眼を覚まさなかった。

　同じ車両に残っていた二、三人の乗客が、あくびをしながら降りていった。開け放たれたままのドアから冷たい風が吹きこんできて、「終点です」のアナウンスが繰り返される。

「この列車は車庫に入る回送列車となります。引き続きのご乗車にはなれません」

　哲彦は寝たふりを決めこんでいた。

　そのうち、乗務員がやってきて起こしてくれるだろうと思ったからだ。

「お客さま、当駅で終点でございます」

　予想通り、声をかけられた。

「ううんっ……」

隣の女が声をもらす。哲彦がパッと眼を開けると、制服姿の乗務員と眼が合った。もう眼を覚ましましたね、と営業スマイルを残して去っていく。

「……大丈夫ですか？」

哲彦はおずおずと隣の女に声をかけた。彼女が瞼をもちあげると、予想以上の美人だったのでびっくりした。眼が大きくて、やや垂れている。他のパーツが端整でも、垂れ目の愛嬌が全体を柔らかくしている感じだ。

「えっ？　ええっ？」

彼女はあわてて駅名を確認し、絶望的な表情になった。垂れた眼尻をさらに垂らして、泣きそうになっている。

「わたし……○○駅で降りなくちゃいけなかったのに……」

哲彦より、さらに都心寄りに住んでいるらしい。タクシーに乗ったら、二万円近くかかるのではないだろうか。哲彦にしても一万円以上は確実なので、できることならタクシーは使いたくなかった。

幸いそこは、辺鄙《へんぴ》な山の中にある駅ではなかった。まわりにビルも建っているし、駅前に繁華街もありそうだ。

「あのう……」

哲彦は勇気を振り絞って言った。

「実は僕も、眠っているうちにこんなところまで来てしまって困っていたところなんです。タクシーで帰るのも高くつきそうだし……よかったら、カラオケボックスかなにかで時間を潰しませんか？」

「カラオケ？」

彼女が呆然としたまま腕時計を見た。現在、午前一時十五分。始発まで、四時間ほど時間を潰せばいい計算である。

「ネットカフェもあるかもしれませんが、僕、閉所恐怖症でダメなんですよ。どうせひとりでもカラオケに行くしかないんで、ご馳走しますから、一緒にどうでしょうか？　カラオケボックスなら、お酒や食べ物もあるし……女性ひとりでネットカフェっていうのも、淋しいでしょう？」

彼女はじっと哲彦を見てきた。

値踏みをされている、と思った。しかし、ナンパならともかく、この状況ならなんとかなりそうだった。

容姿は地味で、いかにも人畜無害そうなのが、哲彦という男なのである。下心を疑われにくいタイプだし、彼女にしても、高額なタクシー代を払うより、こちらのおごりで一夜を過ごしたほうがマシなはずだ。

改札を出ると、すぐにカラオケボックスの巨大な看板が眼にとまった。

ネットカフェの看板もその向こうに見えていたが、哲彦は有無を言わさず彼女をカラオケにエスコートした。
五、六人は入れそうな広い個室に通された。外は寒かったが、個室内は暑いくらいに暖房がきいていた。
「僕は生ビールを注文しますけど……」

「……それじゃあ、わたしも」

遠慮がちに答えた。

「食べるものは？」

「いえ……こんな夜中に食べるのは、ちょっと……」

彼女は首を横に振った。ダイエットに響く、ということらしい。

コートを脱いだ彼女は、ぴったりした白いニットと黒いタイトミニという装いだった。予想外にグラマーで、男好きするスタイルの持ち主だった。胸は砲弾状に迫《せ》りだしているし、ヒップもボリューム満点。ダイエットなんて絶対にやめたほうがいい、と哲彦は言いたかったが、やめておいた。

「じゃあ、まあ、とりあえず乾杯しますか」

生ビールが届くと、グラスを合わせた。彼女は、なにに乾杯するのかよくわからないという顔をしていた。哲彦はもちろん、彼女とひと晩過ごせることに乾杯していた。

「僕、三橋哲也と言います。製薬会社で経理をしてまして」

「七瀬《ななせ》香澄《かすみ》です。食品メーカーの開発部にいます。冷凍食品の新製品を考えたり……」

「ほう……」

ということは、料理なんかも得意だったりするのだろう。花嫁候補としてのポイントが、ますます高まっていく。

「まあ、こうやってご一緒したのもなにかの縁でしょうから、始発まで楽しくやりましょう。よかったら、カラオケ歌ってください」

「そうですねえ……」

香澄は深い溜息をついてから、生ビールのジョッキを口に運んだ。ダイエットを気にしているわりには、ぐびぐびとずいぶん威勢がいい。

「……ふうっ」

驚いたことに、一気にグラスを半分ほど空にしてしまった。

「こうなったら、もう飲むしかないですよね。わたし、ちょうど明日休みだし……」

「それは羨《うらや》ましい。なら開き直って飲んでください」

「ですよね。っていうか、電車の中で熟睡したせいで、なんか元気なんですよ。ワイン飲んでもいいですか、それに、やっぱりお料理も頼みましょう」

「どうぞ、どうぞ」

哲彦は小躍りしたい気分で、ワインボトルとつまみを何品か注文した。予想もしなかった嬉しい展開に、思わず頬が緩みそうになる。

やはり……。

自分はいままでチャンスを逃していたのだと、思い知らされた。出会いに発展できるアクシデントを、みずから潰していたのだと痛感した。思いきって冒険をしてみる気になれば、こういう幸運も転がりこんでくるのである。

あるいは……。

あの占い師は、本当に神秘的な力をもっているのかもしれない。隣の女を意識した途端に、香澄のような美女と知りあいになれるなんて……。

その美しい癒やし系の容姿からは想像もできなかったが、香澄はかなりの酒豪だった。

3

最初に頼んだワインボトルはあっという間に空いてしまい、二本目もすでに半分以上なくなっている。一本目は哲彦もそれなりに飲んだが、二本目からは香澄がほとんどひとりで飲んでいる。

「お強いんですね？　全然酔ってないみたいだし」

「いいえ、酔ってますよ。顔に出ないだけで」

香澄はニコニコと柔和な笑みを浮かべ、楽しげにワイングラスをまわしている。あきらかに、飲めば飲むほど元気になっている。哲彦のほうは酔いがまわって体を起こしているのがつらいのに……もちろん、いくらソファが広いとはいえ、初対面の美女の前で横になるわけにはいかないが。

そのとき、香澄のスマートフォンが電話の着信音を鳴らしたので、哲彦はドキリとした。時刻はすでに午前二時をまわっている。こんな時間に電話をかけてくる知りあいが、彼女にはいるのか……。

「すいません……」

笑顔で断りを入れてから、香澄は電話に出た。

「もしもし……ごめんなさい……電車の中で寝ちゃって、いまカラオケボックスで始発を待ってるの……ううん、大丈夫。ちょうど明日休みだし、タクシーで帰るのもったいないし……うん、じゃあね」

電話を切った香澄は、哲彦を見て恥ずかしげに笑った。

「主人が心配して……ラインしておいたんですけど……」

「けっ、結婚してるんですか？」

哲彦の声は、みっともないほど裏返っていた。まさかの展開だった。てっきり、社内でお嫁さんにしたいナンバーワンと言われていると思っていたのに、すでに誰かのお嫁さんだったとは……。

「こう見えて、結婚してもう三年目なんですよ」

香澄は歌うように言った。

「でも、ちょっと早まっちゃったな、って最近よく思います。相手がけっこう年上だったから、望まれるままにしちゃったけど……やっぱり男の人って、釣った魚に餌をあげないところがあるじゃないですか？」

　酒がまわってきたせいか、香澄の口は急になめらかになった。あるいは、哲彦のことを一期一会《いちごいちえ》の相手と見なし、愚痴を言うのに最適と判断したのかもしれない。

「餌って……要するに、やさしくされてないんですか？」

「ないですねー、ないない。そりゃあ、最初からそういう感じだったわけじゃないですよ。付き合ってたときは、会うたびに花束を渡してくれるような人だったし。デートコースだって毎回いろいろサプライズを考えてくれて、最後にはとってもおいしいごはん屋さんにエスコート……それがいまじゃ、ほとんど外食もなし。おまえのつくる食事が一番だよなんて言ってくれるけど、本当かなあ。面倒くさくなっただけじゃないかなあ」

　ということは、セックスのほうも回数が減って欲求不満ですか？　と訊ねたかったが、もちろん言えるわけがなかった。

「そういうの、ちょっと信じられないですね」

　哲彦は力なく首を振った。

「僕はまだ独身なんで、結婚に夢があるんですけど……最低でも週に一度は一緒に外食したいし、月に一度はプチ旅行なんかにも行きたい……まあ、予算の都合もありますけど……」

「お金の問題じゃないんです！」

香澄は身を乗りだしてきた。

「お金なんかかけなくても、ふたりで楽しむ方法はいくらだってあるじゃないですか。それこそ、お弁当つくって、どこかの公園に行くだけでもいいんですよ。そういうことしたいっていうのがなくなったら、愛はもう冷めちゃったってことでしょ？　違いますか？」

香澄がバーンとテーブルを叩いたので、

「いやいや、落ち着いてください」

哲彦は彼女の剣幕に圧倒され、苦笑するしかなかった。見た目ではわからないが、さすがに酔っているのかもしれない。

「おっしゃりたいことは、よーくわかります……ええ、わかりますとも」

「……ごめんなさい」

香澄は急にしおらしく下を向いた。

「わたし、ちょっと溜まってるのかもしれないですね。夫はもともと上司だったから、会社の人には愚痴をこぼせなくて……必死に円満アピールしてるんだけど、それも最近、虚《むな》しくなってきて……」

香澄の口調がどうにも深刻そうなので、哲彦は言葉を返せなくなった。

彼女もまた、少々ムキになってしまったことが恥ずかしくなったのだろう。ひどくバツの悪い表情で、しばらくの間、押し黙っていた。

「……ちょっと、ごめんなさい」

トイレに行くような顔で立ちあがった。哲彦も少しホッとする。彼女が中座している間に、別の話題を考えておけばいい。

その個室のソファはL字形になっていて、香澄が座っているほうはカラオケの機械が置かれて出入りができなかった。つまり、哲彦とテーブルの狭い間を通らなければ、扉に辿りつけない。

哲彦はできる限り後ろにさがって座り直し、通行するスペースをつくってやった。ただ、香澄はやはり酔っているようだった。

「きゃっ！」と声をあげてよろめくと、哲彦の膝の上に豊満な尻を載せてきた。

(うおおーっ！)

ムチムチに張りつめた尻肉が股間を直撃し、哲彦はもう少しで声をあげてしまうところだった。

もちろん、アクシデントだろう。香澄がわざとそんなことをする女でないことは、一時間ほど一緒に飲んだだけでわかった。

その証拠に、

「やだ、もう……わたしったら……」

香澄はすぐに尻をもちあげようとしたが、できなかった。哲彦が彼女のウエストに両手をまわしていたからである。後ろから抱きしめる格好で、立ちあがれなくしていた。

（なにやってるんだ、俺……）

なにか考えがあって、そんなことをしたわけではなかった。ほとんど条件反射と言っていい。端整な顔立ちに似合わず、香澄の体はいやらしいくらい肉づきがよかった。見た目からうかがえるよりずっと、触れた感触が卑猥だった。男を惑わし、理性を失わせる魅力に満ちて、それを一瞬で伝えてきた。

これが人妻の色気だろうか……。

誰かのものになる代わりに、心身ともに満たされている……いや、彼女の場合は、満たされていないのかもしれないが……。

「もっ、もう大丈夫ですから……離してもらえますか……」

香澄がゆっくりと振り返り、怯えた顔を向けてきた。

「わたし……おっ、お手洗いに行きたいから……」

嘘つけーっ！　と哲彦は胸底《きょうてい》で絶叫した。彼女はただ、気まずい雰囲気から一時退散したかっただけだ。見知らぬ相手に愚痴をこぼしてしまったことを、後悔していた。これではまるで、欲求不満の人妻だと恥じていたのだ……。

……欲求不満？

(もしかして、本当にそうなのか……)

哲彦の鼓動は激しく乱れはじめた。

「ねえ、お願い……離して……離してください……」

言いながらもじもじと身をよじる香澄は、妙に艶《つや》めいていた。よろめいた女性を支えるふりをしていつまでも手を離さない――普通なら平手打ちをされてもしかたがないシチュエーションなのに、怒るどころかひたすら困っている。飲んでも顔に出ないと言っていたのに、眼の下がねっとりと紅潮さえしている。

どういうことなのだろう？

夫への不満、思いがけない外泊、男の腰の上に座ってしまうというアクシデント……それらが折り重なり、彼女も理性を失いかけているのか。

「すっ、素敵ですよ……」

哲彦は思いきってささやいた。

「こんな素敵な奥さんを大事にしないなんて、ご主人はどうかしてる」

ウエストのまわした両手を、じわじわと上に這わせていく。ぴったりした白いニットが、砲弾状に迫りだした双乳の形を露《あら》わにしている。正確には、ブラジャーのカップの形状なのだろうが、カップがこれだけ大きいということは、中身だって……。

「ああんっ！」

裾《すそ》野からすくいあげると、彼女は振り返っていられなくなった。ぐいぐいと指を食いこませるほどにいやいやと身をよじり、けれども無理やり立ちあがろうとはしない。困惑しつつも、この状況を受け入れているような感じだ。

哲彦は奮い立った。

酔いも眠気も完全に吹き飛び、頭が覚醒した。

（たまらないじゃないか……たまらないおっぱいじゃないかよ……）

香澄は人妻だから、花嫁候補になりはしない。しかし、いま体を貫いている興奮の前には、そんなことはどうでもいいことだった。人妻であればこそ、この色気なのだろう。心身ともに満たされていた時期があるから、独身者より欲求不満が切実なのだ。

「んんっ……くぅううっ……」

ニット越しにじっくりと双乳を揉みしだいてやると、香澄の反応はあきらかに変わっていった。

鼻奥で悶えながら身をよじれば、豊満なヒップが左右に振られる。そのヒップの下には、哲彦のイチモツがあった。もちろん、痛いくらいに勃起して、パツンパツンに張りつめた尻肉を押し返していた。香澄のヒップの動きは、まるでそれを確かめるようにエロティックになっていった。

4

「あああっ……はぁああっ……」

振り返った香澄は、酸欠の金魚のように口を動かした。声は出なかったが、言いたいことはわかった。「ダメ」とか「やめて」だろう。しかし、いやらしいくらいねっとりと潤んだ瞳からは、別のメッセージが伝わってきた。「ダメになりたい」であり、「やめないで」である。

やはり、彼女は欲求不満なのだ。

肉体的にも淋しい思いをしていれば、精神的にもそうに違いない。ゆきずりの男と浮気でもしないと耐えられないほど、彼女は結婚生活に不満を抱えている。浮気をすることで、気分を変えたいと望んでいる。

（わかるぞ……わかりますよ、香澄さん！）

哲彦も似たような境遇だった。

結婚まで考えていた同棲相手に逃げられ、したたかに傷つけられた。肉体的に欲望が溜まって自慰をしても、脳裏に浮かんでくるのは逃げた彼女のことばかり。しごいてもしごいても心をえぐられるだけなので、最近はまったく射精をしていなかった。

そうやって溜まりに溜まった欲望がいま、男根を硬くみなぎらせている。香澄のヒップの下でカチンカチンになって、ズキズキと熱い脈動を刻んでいる。

香澄が独身ではなかったのは残念だが、これはやはり、千載一遇のチャンスなのかもしれなかった。自慰では中折れしても、相手がいればフィニッシュまで駆け抜けられるだろう。ましてや香澄のようなお色気満点の人妻が相手であれば、男として見事復活を遂げることができるに違いない。

「……ぅんんっ！」

パクパクしている香澄の口に、キスをした。すかさずヌルリと舌を差しこめば、香澄の舌は逃げていった。追っかけっこが始まった。香澄はうぐうぐと鼻奥で悶えながら、なかなかディープキスに応じてくれなかった、しかし、彼女は欲求不満の人妻。執拗に舌をからめていけば、抵抗も薄まってくる。一度舌のからめあいに応じてしまえば、体の中で火がついてしまう。

「ぅんんっ……ぅんんっ……」

やがて、積極的に舌と舌をからめてきた。甘えるような舌使いに、哲彦の股間はますます熱くなっていく。これも人妻の特性なのか、容姿に似合わず男に甘えるのが好みのようだ。

（たっ、たまらん……たまらないよっ……）

後ろからぐいぐいと双乳を揉みしだきながら、人妻と舌を吸いあえば、脳味噌が沸騰しそうなほどの興奮状態に陥った。勢いに乗って、たわわな乳房をぴったりと包んでいる白いニットをまくりあげはじめる。しっとりなめらかな素肌にそそられつつも、まずはブラのホックをはずし、カップをめくりあげる。

「あああっ……」

双乳を露わにされ、香澄は羞恥に歪んだ声をあげた。ここはカラオケボックスの個室だった。こちらから内線電話を入れなければ、従業員はやってこない。しかし、その法則は絶対ではなく、やってくる可能性もないではない。そんなところで生乳を出されたのだから、恥ずかしいに決まっている。

「ああっ、ダメッ……ダメよっ……」

キスを続けていられなくなり、前を向いていやいやと身をよじる、だがその反応にも、人妻のスケベさが滲みでていた。羞《は》じらいつつも、それを性感を高めるスパイスにしている。生乳を揉みくちゃにすれば息をはずませ、乳首をつまみあげればしたたかにのけぞる。

（でっ、でかいっ……でかいじゃないかよ……）

後ろからではよく見えないが、乳房の大きさはかなりのものだった。とても片手ではつかみきれない、たっぷりとした量感に舌を巻く。しかも、巨乳のくせに敏感で、揉めば揉むほど素肌を火照《ほて》らせて、じっとりと汗ばんでいく。哲彦の手のひらも興奮で汗をかいているから、ヌルヌルといやらしくすべりだす。

「くぅうう｜っ！　くぅうう｜っ！」

爪を使って両の乳首をコチョコチョとくすぐってやると、淫らなまでに身をよじりはじめた。声をこらえているのがやっとという感じで、顔を見なくても欲情が生々しく伝わってくる。

（綺麗な顔して、なんてエロいんだ……）

哲彦の鼻息は荒々しくなっていく一方だった。巨乳との戯《たわむ》れに後ろ髪を引かれつつ、下半身を責めずにはいられなかった。両手を下にすべり落としていき、最後の砦を守るようにぴったりと揃えている太腿《ふともも》を、ねちっこく撫でまわした。その量感に息を呑みつつ、両脚をひろげていった。香澄が穿いているのは黒いタイトミニのスカートだから、すぐに股間が無防備になる。

「いっ、いやっ……」

香澄は震える声をもらしたが、スカートの中には淫らな熱気がこもっていた。

「いやっ……いやですっ……あううーっ！」

すうっ、と恥丘を撫であげてやると、香澄は声を跳ねあげた。肉づきのいい太腿までぶるぶると震わせて、喜悦を嚙みしめた。

哲彦は嵩《かさ》にかかって指を使った。最初はこんもりした恥丘の上だけ撫でていたが、次第にもっと下へと指を這わせていく。下に行くほど放たれる熱気は湿り気を帯び、指先にねっとりとからみついてきた。

指腹に伝わってくる、ざらりとしたナイロンの感触。それだけでもいやらしいのに、じんわりと湿っていた。パンティとパンスト、二枚の薄布を湿らせるくらい、香澄はもう欲情しきっているのか？

「あああっ……あああああっ……」

香澄は指の動きに合わせて声をもらし、ハアハアと息をはずませている。もはや、抵抗することもできないようだった。一度火がついてしまった人妻の体は、さらなる刺激を求めずにはいられないのだろう。

そうであるなら、遠慮する必要はなにもなかった。いちばん感じるところを直接触ってやりたくなり、タイトミニのホックをはずした。ウエストをゆるめてそれをずりあげ、逆にストッキングとパンティはずりさげていく。

「ダッ、ダメッ……ダメようっ……」

香澄はいやいやと身をよじったが、本気で抵抗はできなかった。なにしろ、体には火がついている。カラオケボックスの個室でパンティを脱がされていいわけがないと頭では思っていても、体は刺激を求めている。

「あああああーっ！」

二枚の薄布を下半身から奪いとると、香澄は羞じらいの悲鳴をあげた。これでもう、彼女がいちばん感じる部分をガードするものはなにもない。両脚も無残に開かれて、女の急所は風前の灯火《ともしび》……。

（ちくしょう……）

哲彦が内心で舌打ちしたのは、後ろから抱きしめている体勢なので、香澄の花が拝めないからだった。それだけは残念でならなかったが、その体勢がいまの自分たちに嵌《は》まっていることも事実だった。

初対面同士の、ゆきずりの関係だから、向きあって見つめあっているより、視線が合わないほうが都合がいいのだ。そのほうが、大胆になれる。遠慮会釈なく、スケベなことに没頭できる。哲彦だけではなく、香澄だってそうに違いない。

「くっ……うっくっ……」

ふっさりと茂った恥毛をそっとつまみあげた。ただそれだけで、香澄は滑稽なほど身構えた。羞じらいもあれば、浮気する罪悪感もあるのだろう。だがそれ以上に、期待のほうが大きいようだ。

割れ目に指を近づけていくと、呼吸をとめた。しかし、いきなり肝心な部分を刺激するほど、哲彦も野暮ではなかった。人差し指と中指で、割れ目の両脇をそっとなぞった。フェイントである。

「んんっ……んんんっ……」

もどかしげに腰をくねらせる姿が、たまらない。哲彦は割れ目の両脇に二本の指を添えたまま、閉じたり開いたりした。

「あっ……んんっ……」

敏感な粘膜に新鮮な空気を感じた香澄は、ますます腰をくねらせる。早く触って！　という心の声が聞こえてきそうである。

哲彦は中指を口に含み、唾液をたっぷりとまとわせてから、花びらの合わせ目をなぞった。

「あうううっ！」

香澄が声をあげてのけぞる。腰をガクガクと震わせて喜悦を噛みしめる。

指に唾液をつける必要はなかったかもしれないと思えるほど、香澄は発情の蜜を漏《も》らしていた。割れ目を撫であげるほどに、ねっとりと指にからみついてきて、淫らな糸まで引きそうである。

花びらをひろげていくと、さらに奥から新鮮な蜜があふれてきた。あっという間に指が泳ぐほどのぬかるみになり、指で叩くように刺激すれば猫がミルクを舐《な》めるような音がたつ。ぴちゃぴちゃ、ぴちゃぴちゃ……。

「んんーっ！　くぅううーっ！」

香澄は首に何本も筋を浮かべて、声をこらえている。一瞬、カラオケを流してカモフラージュしてやろうかと思ったが、やめておいた。声を我慢していたほうが、女体の感度が高まるような気がしたからである。

哲彦は指を躍らせた。花びらをつまんだり、浅瀬にヌプヌプと指先を入れたり、ねちっこく刺激しつつ、左手では乳房を揉んで、乳首をいじる。股間と乳房の同時攻撃で、欲求不満の人妻を追いこんでいく。

右手の四本指を熊手のように折り曲げ、濡れた割れ目の上ですりすりとすべらせると、

「あああっ……はぁあああっ……」

香澄はいよいよ声をこらえきれなくなり、呼吸も激しくはずみだした。

哲彦は四本指をしつこくすべらせた。決して強くは刺激しない。すりすり、すりすり、と軽快なリズムで動かせば、香澄の反応はいやらしくなっていくばかりだ。リズムに乗って身をよじり、腰をくねらせる。

「いっ、いやっ……」

震える声が、欲情の高まりを生々しく伝えてきた。顔を見なくても、息をつめ、身構えているのがはっきりとわかる。コップに注がれた水があふれるように、彼女の体からなにかがあふれそうになっている。

哲彦は満を持して、熊手のように折り曲げた四本指を、合わせ目の上端まですべらせていった。いままでは、意識的にそこを刺激しなかったのだ。女の官能を司《つかさど》るクリトリスを……。

「ああああっ……いっ、いやあああああーっ！」

香澄の声が跳ねあがった。いままで同じ軽快なリズムで、すりすりとこすっていた。けれども指が敏感な肉芽に達しているので、刺激は倍増したのだ。声だけではなく、身のよじり方も激しくなった。コップに注がれた水が、いよいよあふれようとしている……。

5

「まっ、待ってっ！　ちょっと待ってっ！」

突然、香澄が焦った顔で振り返った。眼の下をねっとりと紅潮させた顔からは発情がありありと伝わってきたが、別の感情も読みとれた。

ひどく恥ずかしがっているようだった。ここがカラオケボックスの個室という以外にも、なにか理由がありそうだ。

「どうかしましたか？」

哲彦は、手指を動かすピッチをスローダウンさせた。

「わっ、わたし……イッちゃいそう……」

「イケばいいじゃないですか」

「ダメなのよ……ダメなの……」

香澄は声を震わせ、眼を泳がせた。

「だってわたし……いまお手洗いに行こうとしていたところで……」

哲彦は愛撫の手をとめた。

このままイッてしまえば、その衝撃で失禁してしまうかもしれない——彼女はそう言いたいようだった。先ほどまではそうでもなかったが、性感をいじりまわされたことで、尿意が切羽つまってきたという可能性もある。

「だから……ちょっと……お手洗いに……行っても……」

「香澄さん」

哲彦は遮って言った。

「エッチの途中にトイレに行くなんて、興醒めもいいところですよ」

「そっ、それは……」

香澄の顔が困惑に歪みきる。哲彦の言い分にも一理あると思ったようだ。実際問題、ここでいったん中断しトイレに行ったとして、戻ってきたとき、どんな顔をしていいかわからないだろう。

「だったら、ここですればいいですよ。ちょうどいいものがあるし」

哲彦がテーブルから空のジョッキを取ると、

「そっ、そんなっ……」

香澄の声がひきつった。

「冗談でしょ？　そんなものにするなんて……」

「大丈夫ですよ。飲んだビールをジョッキに戻すだけなんですから……」

哲彦は左手でジョッキを股間にあてがいながら、右手で愛撫を再開した。発情の蜜にまみれたクリトリスをねちねちと撫で転がしてやると、

「あああーっ！」

香澄は悲鳴をあげてのけぞった。

「このままイケば、イッた瞬間、おしっこが出ますよ。ふふっ、なんだか気持ちよさそうだなあ」

哲彦は卑猥な笑みをもらしながら、ねちっこく指を動かした。自分で自分に戦慄し

ていた。普段なら、絶対に口にしないような過激な提案だった。哲彦はおしっこ好きの変態性欲者でもなければ、潮《しお》吹きマニアでもない。女を辱《はずかし》めて悦《よろこ》ぶサディスティックな趣味だってもちあわせていないが、いま唐突にそんなことがしたくなったのである。

香澄が人妻だからだろう。

彼女が欲求不満の人妻であればこそ、ノーマルなプレイよりほんの少しだけハードルをあげ、変態チックで刺激的なことをしたほうが、興奮してもらえるかもしれないと思ったのだ。

「ああっ、いやよっ……いやあああっ……」

香澄は髪を振り乱して首を振ったが、哲彦の見立ては間違っていないようだった。首を振り、身をよじっても、決して強引に哲彦から逃れようとはしない。それどころか、脚を閉じようともせず、好き放題に股間をいじりまわされている。敏感な肉芽をもてあそばれて、新鮮な蜜をしとどに漏らす。

そのくせ、

「まだ我慢したほうがいいですよ。なるべく限界まで我慢して、イッた瞬間に出すんです。このジョッキの中に……」

哲彦が後ろからささやいてやると、耳まで真っ赤にして羞じらうのだから、たまらなかった。普通ならあり得ない変態プレイを半ば受け入れつつ、羞じらうことも忘れない——人妻とは、これほどまでに男心を揺さぶる存在だったのか！

感心しつつヌプヌプと浅瀬に指を沈めれば、

「いっ、入れないでっ！　指を入れないでえぇえーっ」

涙まじりの声で哀願する。とはいえ、彼女は知っているはずだった。やめてと言われると余計にやりたくなる男の習性を、人妻なのだから知らないはずがない。

「はっ、はぁうううーっ！」

ずぶずぶと奥まで指を沈めこんでやると、香澄はひときわ甲高《かんだか》い悲鳴をあげ、したたかにのけぞった。開いた太腿をぶるぶると震わせて、淫らな衝撃を受けとめた。

「ずいぶん熱くなってるじゃないですか？」

哲彦は指を動かし、びしょ濡れの肉ひだを掻《か》き混ぜた。実際、熱かった。煮えたぎっているようだった。自分が濡らしすぎているくせに、ずちゅっ、ぐちゅっ、と音をたてると、

「あああっ……もう、いやあああっ……」

香澄は羞じらいに身悶えた。もちろん、羞じらいだけに身悶えているわけではな

かった。彼女は尿意をこらえながら、快楽も欲しがっているのだった。

（ちくしょう、指が……指が……）

哲彦は後ろから責めているので、指を入れる深さに限界があった。はっきり言って、手指や腕が攣《つ》りそうだったが、耐えるしかなかった。左手が自由に使えれば、愛撫のヴァリエーションも増えるのだが、ジョッキを持っているのでそれも叶《かな》わない。

だが、へこたれるわけにはいかなかった。香澄の限界はもうすぐなはずだし、限界を超えれば絶頂に達しながら放尿するのだ。そんなシーンに立ち会えるのなら、腱鞘炎《けんしょうえん》になってもかまわない。ここまでやった以上、是が非でもそのいやらしすぎる光景を拝んでみたい。

蜜壺《つぼ》を掻き混ぜては、指を抜いてクリトリスをいじった。中指を高速ワイパーのように左右に振っては、ねちねちと撫で転がす。緩急をつけて責めながら、再び肉穴にずぶずぶと指を入れていく。なんとかＧスポットまで指を届かせて、ぐいぐいと押しあげてやる。

「ああっ、ダメッ……そんなのダメえええっ……」

香澄の声が切羽つまってくる。激しく身をよじりながらも、哲彦の膝の上から落ちないようにズボンをぎゅっとつかんでくる。

覚悟は決まったようだった。

初対面の男の前で、絶頂と放尿を同時に披露する……。

しかし、葛藤が伝わってくる。覚悟は決まっても、決定的瞬間を少しでも先に延ばそうと、歯を食いしばってこらえている。その様子がエロすぎて、哲彦までいても立ってもいられなくなってくる。

「ねっ、ねえっ！」

香澄が振り返って、涙の浮かんだ眼を向けてきた。哀《かな》しみの涙でも屈辱の涙でもなく、発情の涙だとひと目でわかる顔つきをしている。

「ほっ、本当にっ……本当に出るっ……出ちゃうっ……」

「大丈夫ですよ。しっかりジョッキで受けとめますから」

「本当に？　本当に出るわよ？」

きりきりと眉根を寄せて言いながら、彼女が切実に求めているのはオルガスムスだった。このままイキたいから、そんなふうに念を押しているのである。

「イケばいいですよ」

哲彦は蜜壺に埋めた中指を出し入れしながら、親指でクリトリスを刺激した。腕の筋肉が悲鳴をあげはじめたが、かまっていられなかった。

「はっ、はぁううううーっ！」

香澄がのけぞって獣《けもの》じみた悲鳴をあげる。

「イッ、イッちゃうっ……もうイッちゃうっ……がっ、我慢できないっ……あああっ……はぁあああああーっ！」

ビクンッ、ビクンッ、と腰を跳ねあげると同時に、右手になにかがかかった。放尿ではなく潮だった。ピュッピュ、ピュッピュ、と飛沫《しぶき》があがり、哲彦は青ざめた。とてもビールジョッキでは受けとめきれず、前のテーブルや床を濡らしていく。

「あああああーっ！　はぁあああああーっ！」

香澄はせつなげに悲鳴を歪ませ、しつこく腰を跳ねあげた。大股開きで股間をしゃくるように動かし、オルガスムスを嚙みしめている。このまま潮を吹きつづけるのかと思ったが、中指をスポンと抜いてやると、

「でっ、出ちゃう……みっ、見ないでっー！」

ひときわせつなげな悲鳴とともに、ゆばりが一本の放物線を描いて放たれた。哲彦は必死に股間にジョッキをあてがい、それを受けとめた。最初こそ少しこぼしてしまったが、軌道が読めるようになるとうまくキャッチできた。

「いやあああああ……」

ジョボジョボ、ジョボジョボ、とまるで本物のビールが注がれるような音をたてて、人妻のゆばりがジョッキを満たしていく。しきりに首を振ったり、喉を突きだしたりしている香澄の横顔は耳まで真っ赤に染まりきり、放尿を披露してしまった羞恥に身悶えている。

いやらしすぎる光景だった。

溜まっていたものをすべて放出すると、香澄は、ぶるぶるっ、ぶるぶるっ、と身震いした。

それはいわゆるシバリング——放尿によって一時的な体温の低下が起こり、それを防ぐための生理現象だろうが、腰から下の痙攣《けいれん》はあきらかにオルガスムスの余韻だった。大股開きの両脚が、ガクガク、ぶるぶる、と震えていた。とくに太腿の痙攣はいやらしく、呆れるほど長々と続いた。

第二章　清楚妻のおねだり

1

特別胸を張って言えることではないけれど、哲彦は病院が嫌いだった。

それゆえ、多少の腹痛、発熱などは、市販の薬で治すのを常としている。たとえば腹痛で病院に行ったとしても、そこに集まっているのは当たり前だが病人ばかりなので、逆に風邪でもうつされそうな気がするからだった。

しかし、四十度近い熱が出て丸一日寝込むほどひどい症状になると、そんなことは言っていられなかった。意識朦朧《もうろう》としながらタクシーに乗りこみ、混雑している待合室の隅でガタガタと震えつづけていた。

まったくひどい目に遭《あ》った。

身から出た錆《さび》とはいえ、ここまでひどい風邪は子供のとき以来かもしれない。

あの日――。

カラオケボックスの個室で人妻と放尿プレイを楽しんだ哲彦には、その後、風邪の原因となる過酷な運命が待ち受けていたのである。


「やだ、もう……」

ビールジョッキをなみなみとゆばりで満たした香澄は、オルガスムスの余韻が去ると、いまにも泣きだしそうな顔を両手で隠し、L字形のソファの角で体を丸めてむせび泣きはじめた。

「どうしてこんなこと……ああっ、本当にもうやだ……」

哲彦を責めるように言いつつも、自己嫌悪にまみれているようだった。それも当然である。目の前に絶頂がぶらさがっている状況では、それが欲しくて余計なことは考えられない。恥も外聞も捨ててイッてしまったれど、我に返ってみれば恥ずかしくてしようがないというわけだ。

テーブルや床には潮やゆばりが飛び散っていたし、部屋には暑いくらいに暖房が効いていたので、次第にアンモニア臭も気になってきた。もちろん、それが香澄のような美しい人妻から放たれたものだと思えば、嫌な匂いでもなんでもなく、哲彦はかえって興奮してしまうほどだったが、繊細な女心では受けとめきれなかったのだろう。

だが心配はいらない、と哲彦は胸底でつぶやいた。

淫らな行為はなにも、ここで終わりではないからだ。哲彦のイチモツは痛いくらいに勃起して、ブリーフもズボンも突き破りそうな勢いだった。

そう、いまはまだ前戯の段階。料理で言えばオードブルとスープが供されたところであり、メインディッシュはまだ先にある。再び頭を真っ白にして、ただ絶頂だけを求めればいい。

「香澄さんだけに恥はかかせませんよ」

哲彦はささやくように言うと、自分の服を脱ぎはじめた。スーツ、ワイシャツ、靴下……ブリーフまで一気に脚から抜き、生まれたままの姿で香澄に近づいていった。

「こっちを見てください」

「ううう……」

顔をあげた香澄の眼には、仁王立ちになった哲彦の姿が映ったはずだ。生まれたままの姿でも、赤ん坊にはあり得ないきつく反り返った男根が、彼女に息を呑ませた。

異様な光景だったろう。なにしろそこは、カラオケボックスの個室。昨今では愛を睦《むつ》みあうカップルが珍しくないとはいえ、普通は全裸にまでならない。スカートをまくり、ズボンをさげて、こっそり腰を振りあうものだろう。

しかし、だからこそ哲彦は、すべてを脱ぎ捨てたのだった。セックスとは男と女が恥をさらしあう行為であるから、多少床を汚したり、ゆばりの匂いを漂わせているくらい、どうってことないのだと伝えたかった。自己嫌悪にむせび泣いているくらいなら、次の展開に突入して、再び熱狂を味わおうという無言のメッセージのつもりだった。

「可愛かったですよ……」

ソファに腰をおろし、香澄に身を寄せていく。

「こんなに興奮したのは久しぶり……いや、初めてかもしれない……」

「……本当？」

香澄が涙眼を向けてくる。隆々とそそり勃《た》った男根を見たせいだろう、その表情には少し、人妻らしい欲深さが蘇ってきていた。

「本当ですよ……」

哲彦は甘くささやきながら、香澄を押し倒した。唇を重ね、舌をからめあった。糸を引くほど濃厚なディープキスに淫していれば、お互い理性を失ってくる。哲彦の頭の中には放尿する香澄の恥ずかしい姿がまだ生々しく刻まれたままだったし、香澄は香澄でそれを一刻も早く忘れたかったのだろう。

「……むむっ！」

キスをしながら、男根を握りしめてきた。顔に似合わない淫らな手つきでしごきたてては、潤んだ瞳で見つめてくる。男根の先端から先走り液がどっとあふれ、それが包皮に流れこんでニチャニチャと卑猥な音がたつ。

「むっ……むむむっ……」

哲彦は眼を白黒させ、身をよじった。こみあげてくる欲望のエネルギーが、理性を完全に崩壊させた。自分ばかり全裸になっていることがおかしいような気がしてきて、香澄のニットを脱がせた。ブラジャーも奪って生乳を揉みしだき、乳首を吸いたてた。

「ああっ、いやっ……あああっ、いやあああっ……」

眉根を寄せて悶え泣きながらも、香澄は男根を離さなかった。乳首の刺激に身をよじり、しごくことができなくなっても、強弱をつけて握ってきて、熱い先走り液を噴きこぼさせる。

哲彦は彼女からスカートも奪った。片脚だけに掛かっていたパンティやストッキングも脚から抜いて、自分と同じ生まれたままの姿にしてしまう。

もはや恥ずかしさなど微塵も感じていなかった。

そこがカラオケボックスの個室であることを忘れたわけではないし、罪悪感がなかったわけでもなかったが、興奮がそれを遥かに凌駕していた。

「いきますよ……」

哲彦は、香澄の両脚の間に腰をすべりこませた。正常位の体勢で性器と性器の角度を合わせ、腰を前に送りだした。

「あああああーっ！」

ずぶりっと先端を埋めこんだだけで、香澄はしたたかにのけぞった。潮吹きと放尿と絶頂で、彼女の体は火照りきっていた。内側の肉ひだは熱くヌメり、男根にぴったりと吸いついてきた。たまらない刺激に息を呑みながら、哲彦はさらに奥へと入っていく。ずぶずぶと結合を深めていき、最奥をしたたかに突きあげる。

「はっ、はぁあああーっ！」

再びのけぞった香澄の体を、しっかりと抱きしめた。やはり、服を奪っておいてよかった。素肌と素肌が触れあう感触があってこそのセックスだと、心の底から痛感した。

「あううっ！」

ピストン運動を送りこめば、香澄が腕の中で身をよじる。みずからしがみついてきて、ガクガクと腰を震わせる。

もったいない、と哲彦は思った。これほどいい女を娶《めと》っておきながら、放置しておく夫の気持ちがわからなかった。あるいはこれほどいい女でも、毎日抱いていれば飽きてくるのか。結婚とは、それほど恐ろしいシステムなのか……。

「あぁっ、いいっ！　いいいいーっ！」

香澄は完全に淫獣モードに入っていた。先ほどむせび泣いていた女と同一人物とはとても思えなかった。

自分だけ取り残されないように、哲彦は腰振りのピッチをあげていった。ずんっ、ずんっ、と深く突いては、浅瀬で小刻みに出し入れする。緩急をつけたリズムで、女体を翻弄《ほんろう》しようとする。

「あああああーっ！　はぁあああああーっ！」

しかし、香澄の昂《たか》ぶり方は性急で、とてもついていけそうにない。一度イカせてしまってから、じっくり楽しんだほうがいいかもしれない。あるいは、イッてもそのままやめないで、連続絶頂に導くこともできるかも……。

（よーし……）

さすが人妻と内心で唸りながら、哲彦はフルピッチで連打を送りこんだ。パンパンッ、パンパンッ、と音をたてて摩擦の愉悦をむさぼり抜いた。哲彦が興奮しきっているからか、あるいは彼女の太腿の肉づきがいいせいか、やけに威勢のいい音が鳴った。その音が、無心で腰を使わせた。先ほどまであった余裕が、みるみるなくなっていった。

ところが――。

「ああっ、イキそうっ……またイッちゃいそうっ……」

香澄が切羽つまった声をあげたときだった。

「おいっ！　なにやってるんだっ！」

カラオケボックスの従業員が踏みこんできて怒声をあげた。さすがに派手にやりすぎたらしい。哲彦と香澄は、交尾中に水をかけられた犬猫のように、情けない悲鳴をあげて離れなければならなかった。

当然のようにカラオケボックスからは追いだされた。ジョッキに小便をしたこともバレ、その弁償代とテーブルや床の清掃料などで二万円もとられた。絶対に従業員が自分のものにするだろうと思ったが、全裸でセックスしているところを見つかってしまった以上、抵抗するのも虚しく、哲彦が払って店を出た。

寒空の下、始発が動きだすのを一時間以上待っていた。

哲彦と香澄は顔面蒼白でうつむき、寒さを凌ぐために足踏みをしていた。体の芯を何度も悪寒《おかん》が走り抜けていき、これは風邪をひくかもしれないと、五分に一回思った。

香澄は怒り心頭に発しているようだった。あなたが余計なことをしなければ……百歩譲って服さえ脱がさなければ、ここまでの大恥をかかなかったと言わんばかりだった。

ようやく始発の時間がやってきて、電車に乗りこんだものの、香澄は隣にさえ座ってくれなかった。同じシートの端と端に、言葉もなく別れていった。

(たしかに俺が悪かったよ……悪かったけど……)

大人がふたりでやったことなのだから、そこまで怒らなくてもいいではないか、と哲彦は思った。もちろん、恥をかいた心のダメージは、女の香澄のほうが大きいだろう。だがしかし、彼女だってすすんで男根を握りしめて、早く欲しいとばかりにしごいてきたのだから……。

降車駅が近づいてきたので、立ちあがってドアに向かった。香澄を無視して降りることもできたが、あえて前まで行って頭をさげた。

「ご迷惑おかけしました」

香澄がチラとこちらに眼を向けた。

「ずいぶんな目に遭わせてしまいましたが……僕はその……けっこう素晴らしい経験ができたと……そんなふうに思っていますので……」

彼女からの言葉はなかった。内心で深い溜息をついてドアに向かった。電車がホームに入っていき、スピードを落とした。

「わたしも」

いつの間にか後ろに立っていた香澄が、小声で言った。

「わたしもけっこう……楽しかった」

ドアが開き、哲彦は電車を降りた。振り返ると、香澄は笑顔で手を振ってくれた。ドアが閉まり、電車が走りだして見えなくなるまで、ずっと……。

(やっぱり……いい女じゃないか……)

哲彦は目頭が熱くなりそうになった。

もう二度と会うことはないだろうし、会っても裸で抱きあうような展開にはならないだろうが、香澄の笑顔に少しだけ気持ちが救われた。

2

（いつまで待たせるんだよ、まったく……）

病院の待合室で、哲彦はほとんど息絶えだえの状態だった。

これだから病院は嫌なのだ。いつ来ても激混みで、長々と待たされる。こちらは病人なのだから、なんとかならないものだろうか？　このままでは症状も悪くなっていく一方である。

（……んっ？）

気がつくと、隣に人が座っていた。哲彦は高熱でふうふう言いながら派手に咳きこんでいたから、それまで隣に座ってくる人間はいなかった。待合室は混雑していくばかりなので、他に座るところがなくなってしまったらしい。

横眼でチラリと見ると、綺麗な女の人だった。

年は三十代半ばだろうか。長い黒髪をひとつにまとめているので、横顔がうかがえた。清楚な細面な顔立ちが、昔憧れた女教師に似ている気がした。背筋をピンと伸ばした姿勢のよさから、きちんとした性格がうかがえたからだろうか。水色のカーディガンに白いブラウスにベージュのロングスカートという装いも、なんとなく女教師っぽい。

ただ、表情が少し疲れているようだった。病院の待合室にいるのだから、顔色がよくないのは当然かもしれないが……。

疲れているのは病気のせいではない、とやがてわかった。彼女は呼ばれもせずに立ちあがると、診察室から出てきたお婆さんに寄り添った。甲斐甲斐しく世話を焼きながら、看護師に礼を言い、会計を済ませる。

（介護疲れだな……）

後ろ姿を見送りながら、哲彦は胸底でつぶやいた。彼女は哲彦の右側に座っていたので、左手が自然と眼に入ってきた。薬指に指輪はしていなかった。つまり、独身。あれだけ綺麗な人が三十代半ばになって未婚というのも、母親を介護しているのなら納得である。

それにしても、ずっと独身でいるつもりだろうか？

哲彦は高熱でふうふう言いながらも、彼女の存在に気づいた瞬間、一服の清涼剤を味わったような気がした。疲れてはいても清楚だった。もっと正確に言えば、年齢にそぐわない清純な雰囲気に魅せられた。

同世代の人間が恋愛だの婚活だのにうつつを抜かしている間、彼女は自分を犠牲にして母の介護をしてきた。同情に値する境遇だが、そうやって失われた時間がきっと、彼女に清潔感を与えているのだろう。

自分を犠牲にして誰かのために生きる人間は、いつだって清らかで美しい。哲彦にはとても真似ができないけれど、憧れてしまうところはある。

たとえば……。

なにかのきっかけで、彼女と恋仲になったとする。哲彦が介護を手伝えば、苦労は半分になる。彼女はその半分だけ、自分の人生を楽しめるようになる。いや、恋にエネルギーを注ぎこめる。

女がいちばん輝かしい時間を介護に費やさなければならなかった彼女は、きっと三十代半ばとは思えないほどウブだろう。恋の駆け引きも、ベッドでのあれこれも拙《つたな》いに違いない。

（たまんねえな……）

妄想すると、マスクの下で頬がゆるんだ。若い女がウブなのは、当たり前である。しかし、彼女のような年上のきちんとした女がそうだとなると、男を奮い立たせるギャップが生まれる。

年下のこちらが、興奮しながらあれこれ教えられる。もしかするとああいうタイプは、オーラルセックスの経験すらないかもしれない。

『隣の女……』

不意に、あの占い師の声が耳に蘇ってきた。

話しかけることはできなかったけれど、母の介添えでこの病院に通っているとなると、もう一度会うチャンスがあるかもしれない。今回の風邪はかなりきついので、二、三日後にもう一度来院しなさいと言われそうだ。病院は大嫌いだが、恋のチャンスが転がっているとなれば話は違ってくる。サボることなく来ることにしようと、ゲホゲホと咳きこみながら胸に誓う哲彦だった。


その二日後——。

哲彦はスキップでもしたい気分で病院に向かった。

注射と処方薬が効いて、風邪はすっかりよくなっていた。大事をとって今日まで会社を休むことにしたが、ほとんど復活しているし、明日からは週末である。高熱にうなされていたときはこの世を呪いたくなったけれど、喉元を過ぎれば熱さ忘れるのことわざ通り、いまとなってはいいリフレッシュ休暇だったような気がする。

それに……。

病院に行けば、あの清楚な美熟女と会えるかもしれないのだ。

医者には予想通り、二、三日後にもう一度来なさいと言われたが、普段の哲彦なら絶対に行かなかっただろう。病状が回復しているのに、行くわけがない。

しかし、あえて足を運ぶのは、彼女ともう一度会いたいからだった。会える可能性はそれほど高くないような気がしたが、もしその姿を見かけたら、自分から隣の席に座って話しかけようと思った。

隣の女に運命を感じる、と占い師が言っていたのだ。電車で隣に座っていた香澄は人妻だったし、最後はひどい目に遭ったけれど、それでもセックスまでもちこめたのである。地味で冴えない自分に、あれほどの幸運が舞い降りてきたことなど、いままでに一度もない。

隣に座っていたからではないか？

占い師の言う通り、その偶然が運命を引き寄せたのでは？

ならば、もう一度幸運が舞い降りてきてもおかしくない気がした。香澄に勝るとも劣らない、あの美女と……しかも、彼女は独身なのである。一度限りの棚ぼたセックスではなく、しっかりと交際することだって……。

そのときだった。

キキーッ！　と急ブレーキの音がして、哲彦はハッと顔をあげた。目の前は横断歩道。信号は赤なのに、ふらふらと進んでいく女がいる。

「危ないっ！」

哲彦は反射的に飛びだし、女の腕を引っ張った。歩道に戻すことには成功したが、ふたりともアスファルトの地面に転がった。

「気をつけろっ！」

急ブレーキを踏んだ運転手が怒声をあげて去っていき、哲彦は女の顔を見た。

一瞬、驚愕に声が出なかった。

二日前、病院の待合室で隣に座った、あの清楚な美熟女だった。

3

哲彦は放心状態の彼女をうながし、すぐ近くにあったカフェに入った。

彼女はウエイトレスが運んできた水を一気に半分ほど飲むと、

「……すみませんでした」

深々と頭をさげた。

「いやいや、よかったですよ。事故にならなくて……」

哲彦も水を飲んで気分を落ち着けた。間一髪の救出劇だったので、まだ心臓がバクバクいっている。

お互いに名前を名乗りあった。彼女は、篠崎理沙子《しのざきりさこ》というらしい。

「介護疲れ、ですよね？」

哲彦はおずおずと訊ねた。

「おととい、病院の待合室で見かけましたよ。ご高齢のお母さんに寄り添ってて、大変そうでした。もう何年も介護をなさってるんでしょう？」

「いえ……」

理沙子は苦笑をもらした。

「そういうわけじゃないんですけど……」

「でも、見ていてわかりましたよ。ずいぶんご苦労されてそうだって……」

理沙子がバツが悪そうにしているので、

「とりあえず、注文しますか」

哲彦はメニューをひろげた。

「なんかここ、フードが充実してますね。お昼も近いし、ランチにしますか。ご馳走しますから」

「そんな……助けていただいたお礼に、わたしにご馳走させてください」

どちらが支払いをするかはともかく、とりあえず哲彦はクラブハウスサンドウィッチを、理沙子はスパゲティナポリタンを注文した。

（しかし、本当に綺麗だな……）

病院で近くから見ることができたのは横顔だけだったが、正面から見ると気圧《けお》されてしまいそうなほど眼鼻立ちが整っていた。細面の和風美人で、切れ長の眼が印象的だ。水色のカーディガンに飾られた体つきはすらりとして、いかにも楚々とした雰囲気である。

ところが、ランチの皿が運ばれてくると、その印象は一変した。

理沙子は最初こそ、スパゲティを少量ずつフォークに巻き、小さく口を動かしていたが、やがてガツガツと頬張りだした。油とケチャップでヌラヌラと光っている唇が、ドキッとするほどエロティックだった。

（顔に似合わず食欲旺盛なんだな……美女の大食いっていうのも、なんだかそそるけど……）

さらに理沙子は、

「それ、食べないならいただいていいですか？」

ひと切れしか手をつけていなかった、哲彦のサンドウィッチを指差して言った。

「どっ、どうぞ」

哲彦が呆気にとられながらサンドウィッチの皿を渡すと、それも瞬《また》く間に胃に収めた。

（欠食児童かよ……）

哲彦が驚愕に眼を丸くしていると、それに気づいた理沙子は、

「ごめんなさい……」

恥ずかしそうにうつむいた。

「わたし、きのうのお昼から、なにも食べてなかったんです。でも、食欲すら忘れてた感じで……」

「やっぱり、介護疲れで？」

「違うんです」

理沙子は今度こそきっぱりと首を横に振った。

「母が病院に行くのは、なんというか……ほとんど嫌がらせみたいなもので、本当は

どこも悪くないんです」

「どこも……悪くない……」

「はっきり言って、嫁いびり。わたし、子供はつくらないって約束で結婚したんですけど、それがとっても気に入らないみたいで……」

哲彦は衝撃に言葉を返せなかった。理沙子が姑《しゅうとめ》にいびられていることに対してではない。

「嫁ってことは、ご結婚されているんですか？」

「ええ……まあ……」

理沙子がうなずき、哲彦は胸底で深い溜息をついた。また人妻かよ、という落胆の言葉だけが脳裏に渦巻く。

「そそそ、そうだったんですね。義理のお母さんだったんだ。結婚指輪をされてないから、てっきり実のお母さまかと……」

「ああ、これは……」

理沙子は遠い眼で自分の左手の薬指を眺めた。

「もうひと月以上前からはずしてるんです。夫に気づいてほしくて。『どうして指輪をしないの？』って訊かれたくて……でも、まだ気づいてもらえない。母のこともそう。いくら言っても、夫は義母になにも言えないんです。こんな言葉は使いたくありませんけど、マザコンなんですよ。それも重度の。結婚してから気づいたわたしも悪いんですけど……」

「……なるほど」

哲彦は溜息まじりにうなずいた。

つまり、理沙子が赤信号にも気づかないほどぼんやりしていたのは、介護疲れのせいではなく、嫁ぎ先の人間関係に思い悩んでいたかららしい。

よくある話と言えば、よくある話だった。しかし、当の本人にとっては、それでは片付けられないほど深刻なものに違いない。赤信号に気づかずに歩いていれば、命を落とすことだってある。このままではよくない。

「気晴らしが必要なんじゃないですか？」

哲彦は笑顔をつくって言った。

「たまには家事を放りだして、パーッと遊んじゃうことも大事だと思います。幸い、明日からは週末だ。よろしかったら、お供しますよ。僕も病みあがりで、ちょっと羽を伸ばしたいと思っていたところなんです」

「パーッと、ですか……」

理沙子はキョトンとした顔を向けてきた。いま知りあったばかりの男がなにを言っているんだ、と思ったのかもしれない。

しかし、哲彦はめげずに誘いつづけた。彼女は人妻なのだから、花嫁候補にはなれない。その点はひどく残念だったが、思い悩んでいる美女を放っておくこともまた、できなかったからである。

4

翌日の土曜日――。

待ち合わせ場所である駅のロータリーに、理沙子はクルマでやってきた。軽自動車だが、ＳＵＶタイプでボディカラーはオレンジの可愛いクルマだった。夫のものではなく、彼女自身の愛車のようだ。

「天気もいいから、ドライブに行きませんか？」

クルマから降りてきた理沙子は、長い黒髪をおろしていて、女らしさが匂った。鮮やかなグリーンのカーディガンに白いブラウス、ベージュのロングスカートという装いは、相変わらず女教師のようにきちんとしていた。

「ドッ、ドライブですか……」

　哲彦は一瞬、どう答えていいか迷った。気晴らしには誘ったものの、映画を観るとか、カラオケに行くとか、あるいは昼酒を楽しむつもりで、ドライブなど頭の片隅にもなかったのである。

（大丈夫なのかな、運転……）

　まず心配したのは、そこだった。ぼんやり街を歩いていて赤信号も見逃すような彼女に、安全運転ができるかどうか……。

　しかし、こういう展開になった以上、運を天に任せるしかないようだった。今日の目的は、理沙子の気晴らしなのである。彼女がドライブに行きたいというのなら、あまつさえ愛車まで引っ張り出してきたとなれば、黙って助手席に座るのが誘った男の務めであろう。

「どこに行くつもりなんですか？」

「やっぱり海じゃないでしょうか」

「……なるほど」

　この寒い季節に海？　と一瞬思ったが、口にはしないでおく。そもそも、哲彦はドライブデートをした経験がなかった。クルマの免許をもっていないからだ。なんとなくとりそびれたまま年を重ねてしまい、いまさら教習所に通うのも面倒だし、クルマが必要な生活もしていなかった。

（つまり、これがドライブデートの初体験となるわけか……）

自分は助手席に座り、運転しているのが人妻というのが締まらないものの、どんなことだって初体験は楽しいものである。そして、理沙子の運転が危なっかしくないことがわかると、次第に気分がうきうきしてきた。

「ドライブ、よくするんですか？」

「昔はね」

理沙子は歌うように答えた。どうやら運転が好きなようで、高速を走りだすと眼つきが輝きだした。

「独身時代は海に行ったり、山に行ったり、いろいろしてましたけど、結婚したらなかなか……」

「でも意外ですね。理沙子さんって、アクティブな感じに見えないから……」

「そう？　スキューバの免許ももってるし、スキーだってうまいんですよ」

「へええ……」

いまは女教師のように見える彼女も、大学時代やＯＬ時代は自由に遊んでいたらしい。哲彦はそういうイケイケなタイプが苦手だったが、理沙子だったら許せそうな気がした。いまでもこれほどの美貌なのだから、女子大生やＯＬだったころは、さぞや美しく輝いていたに違いない。

（もっとも、俺はいまの彼女のほうがいいけどな……）

我ながら屈折していると思うけれど、病院の待合室でしていた妄想には興奮した。彼女が母の介護に時間をとられ、婚期を逃した行き遅れであってくれたほうがよかった。

しかし、現実にはイケイケの過去をもつ人妻……。

隣に座っていたとはいえ、彼女は運命の相手ではないだろう。

なんだか、あの占い師が恨めしく思えてくる。ハンドルを握っている理沙子は何度見ても美しく、こういう美女を娶れるなら、介護の苦労を半分背負ってもいいと思えたほどだった。だから思いきって声をかけてみようと思ったのに、決して結ばれない人妻だったというのだから泣けてくる。

一時間半ほどクルマを走らせ、湘南の海に出た。

冬の海なんて、と内心で少し馬鹿にしていたのだが、天気がよかったので波がキラキラと光を反射し、見とれてしまうくらい綺麗だった。江ノ島が目の前に現れると、お上りさんのように「おおっ」と声をあげてしまった。

「三橋さんは、江ノ島が好きなんですか？」

「東京生まれ、東京育ちですからね。子供のころから海と言えば湘南だったんですよ。十年ぶりくらいに来ましたけど」

「冬の海も悪くないでしょ？」

「ですね。空気も澄んでるし、波も綺麗だ」

海際の駐車場にクルマを停め、ふたりで外に出た。見た目はよくても、さすがに風が冷たい。暖房の効いた車内では脱いでいたダウンジャケットを羽織ったが、それでもまだ寒い。

「三橋さんにとっては子供のころの思い出の場所でも、わたしにとって湘南は青春の思い出がぎゅっと詰まったところなんです。初夏がいちばんいいんですけどね。でも、冬も好き」

「デートで来たんですか？」

「それだけじゃないですけど……やっぱり湘南って、ドラマチックなことが起きそうなところなんですよね。海だけならハワイや沖縄のほうがずっと綺麗ですけど、あっちは恋を育てるところ。湘南は恋が生まれるところ」

「あのう……」

浜辺に続く階段をおりていこうとする理沙子に声をかけた。思い出に耽っている彼女には申し訳ないが、さすがに寒すぎる。

「僕、病みあがりなんで、クルマで待っててもいいですか？」

「ごめんなさい、そうでしたね……じゃあ、わたし、ひとりでちょっと散歩してきます」

理沙子はリモコンキーでクルマの鍵《かぎ》を開けると、ひとりで階段をおりていった。その背中を見送りながら、哲彦はクルマに乗りこみ、助手席のシートに体をあずけた。鍵は開けてもらってもエンジンはかかっていないので、暖房は効いていなかった。それでも外の風に吹かれているよりは、ずいぶんとマシだった。ダウンを着たまま、理沙子を待つことにする。

（まったく、なにやってるんだか……）

キラキラ光る波をぼんやり眺めていると、ずいぶん遠くまで来てしまったような気がした。冬の海は綺麗だが、哀愁が漂っていた。夏場に浜辺を賑わせる水着姿の男女もいないし、ヤンキーが馬鹿騒ぎしている海の家もない。

(せめてカップルで来てればな……)

哀愁漂う風景も身を寄せあう口実となり、冷たい風さえ手を繫《つな》ぐ理由になったことだろう。

だが、同行者は人妻。いくら美人でも、他の男のものなのである。

姑にいじめられ、夫も味方してくれない理沙子の立場には同情するし、このドライブが気晴らしになってくれればいいと心から思っているけれど、哲彦自身の淋しさまではまぎらわせそうになかった。むしろ、心の風穴は大きくなっていくばかりで、そこに北風がビュービューと吹き抜けていく。

こちらだって、傷ついた心を抱えているのに……結婚を考えていた女に逃げられて……。

「そんなこと言っててもしかたがないか……」

苦笑まじりに独りごち、首をひねってあたりの様子をうかがった。せっかく来たのだから、楽しまなければ損である。とはいえ外は寒いので、散歩に付き合う気にはなれない。どこかにいい休憩場所はないだろうか？　できれば窓から海が見渡せるおしゃれなカフェやレストランが……。

「……んっ？」

それらしき看板は見当たらなかったが、代わりに「HOTEL」の文字が眼に飛びこんできた。ラブホテルである。子供のころに来たときは気づかなかったが、こんな観光地にもラブホテルがあるらしい。

いや、観光地だからこそ、あるのかもしれなかった。ドライブや海水浴で盛りあがったカップルが、そのまま体を重ねられるように……。

(相手が人妻だって、いいじゃないか……セックスするだけなら、結婚していたっていいじゃないか……)

不意にむらむらとこみあげてくるものがあった。

人妻が見かけによらないのは、香澄で証明済みだった。容姿は麗しくても、ひと皮剝《む》けば淫獣。あの理沙子だって、裸になったらどうなるかわからない。

いや……。

夫と不仲である理沙子が欲求不満を溜めこんでいる可能性は高く、最初からそういう覚悟があったことすら考えられる。たとえば、この駐車場だ。振り返ればラブホテルの看板が眼につくところにクルマを停めるなんて、彼女なりのサインなのでは……。

そのとき、ガチャとドアが開く音がしたので、哲彦はあわてて前を向いた。

「あー、すっきりした」

運転席に座った理沙子が、柔和な笑みを浮かべて言った。

「寒かったけど、やっぱり海岸線っていいわね。歩いていると、心に溜まっていた嫌な気持ちが、すーっとなくなっていく」

「そっ、そうですか……」

哲彦がしどろもどろで答えると、

「なにを見てたんですか？」

理沙子は急に真顔に戻って言った。

「えっ……こうやって後ろを振り返って……」

首をひねって後ろを向けば、そこにはもちろん、ラブホテルの看板がある。

「あっ、いや……僕はべつに……お茶を飲むところを探してただけで……」

「本当かしら？」

理沙子が眉をひそめる。

「わたし、クルマに戻ってきても、すぐにはドアを開けなかったのよ。一分くらい、外からあなたを観察してました。あなたはずーっと、ラブホテルの看板を眺めながらニヤニヤしてた……」

「いっ、いや、それは……むむっ！」

唐突に股間に手を置かれ、哲彦は眼を白黒させた。ズボンの下で、イチモツは大きくなっていた。フル勃起までいかないが、よけいな妄想をしてしまったせいで、八割方は硬くなっている。

「……やっぱり」

理沙子に咎《とが》めるような眼を向けられ、哲彦は身をすくめた。たしかに、咎められるようなことはしたかもしれない。ラブホテルの看板を見て、彼女と爛《ただ》れたセックスがしてみたいと思ったことは事実である。

しかし、咎めるような眼をしているわりには、理沙子の手つきはいやらしく、ズボンの上から男のテントを撫でまわしてくる。哲彦は蛇に見込まれた蛙《かえる》のように震えあがりながらも、あっという間に一〇〇パーセントのフル勃起まで追いこまれた。

すると理沙子は、ためらうことなくベルトをはずしてきた。ズボンのファスナーまでさげ、ブリーフをめくった。

反り返った男根の先端が露出され、

「なっ、なにをっ……」

哲彦は焦った声をあげた。

「お尻、持ちあげてください」

「はあ？」

「お尻！　持ちあげて！」

理沙子の剣幕に負けて言われた通りにすると、ズボンとブリーフを太腿までめくりさげられた。男根は完全に露わになって、天狗の鼻のようににょっきりとそそり勃った。

5

（なっ、なんなんだっ……この急展開はっ……）

焦る哲彦を尻目に、理沙子は屹立した肉棒に指をからめ、硬さを確かめるようにニギニギしてきた。

表情が、相変わらず咎めるような感じなのが怖い。これからいやらしいことをしようとしている感じではない。気晴らしにラブホテルに行きましょうと言われれば喜んでついていくが、彼女の気持ちがまるでわからず、哲彦は混乱していくばかりである。

眼と眼が合った。

哲彦は金縛《かなしば》りにあったように動けなかったが、理沙子は上体を屈め、男根の先端をいきなりずっぽりと咥《くわ》えこんだ。

（うおおおおーっ！）

哲彦は胸底で絶叫した。ここはクルマの中だった。男の器官を露出されただけでも驚きだったが、まさかフェラチオまでされるとは思っていなかった。そもそも理沙子には、口腔奉仕が似合わない。顔立ちが清楚すぎて、そういうことをしているところを想像できないのだ。

だが、たしかにしていた。生温かい口内粘膜で亀頭をぴっちりと包みこみ、やわやわと吸ってくる。すぐに舌が動きだし、裏筋をくすぐるように舐めまわす。

「むっ……むむむっ……」

哲彦は首に筋を浮かべて唸り、顔が燃えるように熱くなっていくのを感じた。意表を突かれたぶん、刺激が鮮烈だった。

（どういうことなんだ？　まさかカーセックスに誘っているわけじゃ……）

誘いに乗ることはやぶさかではないものの、真っ昼間の駐車場である。冬の海とはいえ、訪れる人間はゼロではない。三十台ほど停められるスペースに、四、五台は停まっている。のぞかれるほどすぐ近くではないけれど、カップルや家族連れが笑顔で行き交っているのが見える。

はっきり言って、深夜のカラオケボックスより何十倍も危険なシチュエーションと言っていいだろう。

にもかかわらず理沙子は、じわじわと口腔奉仕に熱を込めていった。「ぅんんっ、ぅんんっ！」と鼻息をはずませ、口唇に含んだ亀頭をねちっこく舐めまわしてくる。

舐め顔が見えないのが残念だが――いや、そんなことを言っている場合ではない。向こうから、家族連れが歩いてくる。哲彦と同世代の夫婦が、三歳くらいの少女の手を引いている。彼らのクルマは、すぐ近くに停めているワンボックスカーらしい。その距離、二メートル強。

（まずいっ……まずいぞっ……）

間違っても、フェラをされていることに気づかれるわけにはいかなかった。恥をかくのはともかく、あの子供のトラウマになってしまったら大変だ。

なのに理沙子は、ますます舌の動きに熱を込め、唇をスライドさせてくる。なめらかな唇の裏側で、カリのくびれをヌメヌメとこすられる。

「むっ……むぐぐっ……」

助手席でひとり背筋をピーンと伸ばし、顔を真っ赤にしている哲彦に、夫婦がチラ

りと視線を向けてきた。頼むから子供だけはこちらに興味を示さないでくれと祈りながら、彼らをやりすごすと、

「あっ、あのうっ……」

哲彦は焦った声をあげ、理沙子の肩を叩いた。

「こっ、ここじゃまずいですよっ……ラブホに行きましょうっ……ね、すぐそこですからっ……」

すると理沙子は、男根から口を離してゆっくりと顔をあげた。

「……ラブホに行ってなにをするの？」

なにをすると言われても、いましていることの続きに決まっているわけだが、理沙子は相変わらず咎めるような眼つきをしている。だが、してはいけない場所で口腔奉仕をしたせいだろう、黒い瞳はいやらしいくらいにねっとり潤んで、哲彦を圧倒した。

言葉を返せないでいると、

「……ぅんあっ！」

理沙子は再び男根を咥えこんできた。口内で唾液がじわっとひろがっていくのを感じた。ずいぶん大量に分泌しているようだった。理沙子はその唾液ごと、じゅるっ、じゅるるっ、と男根を吸いたててきた。

（こっ、これはっ……）

いままで経験したことのない新鮮な刺激に、哲彦は呼吸ができなくなった。ただ強く吸っているわけではない。口内粘膜と男根の間に少しだけ隙間を開け、そこで唾液を動かすようなやり方だった。

よって、刺激は強烈なのではなく、いやらしい。口内粘膜が蕩《とろ》けて、男根にからみついてくるような感じだ。

しかも、理沙子はじゅるじゅると淫らな音をたてて男根を吸いたてながら、唇をスライドさせてきた。なめらかな唇の裏が、カリのくびれから根元まで移動しては戻ってくる。唇が根元まで届けば、必然的に亀頭は喉奥の狭いところに到達する。理沙子はむせることもなく、喉奥でキュッキュと亀頭を締めつける離れ業《わざ》まで披露した。

「むうっ……むううっ……」

哲彦はすっかり翻弄されていた。理沙子の練達すぎるフェラチオの虜《とりこ》になり、身をよじる以外になにもできなくなった。

体のいちばん深いところで、射精欲が疼《うず》いていた。考えてみれば、女に逃げられたトラウマで自慰ができなくなり、ようやくありつけた人妻とのワンナイトスタンドでは、挿入こそしたものの射精に至る前に従業員に見つかってしまったのである。

その後にしても、高熱で寝込んでいたのだから、自慰などできるわけがなかった。要するに、溜まっていた。思春期に自慰を覚えて以来、これほど男の精を溜めこんだのは初めてかもしれなかった。

（まっ、まずいっ……）

額にじわりと脂汗《あぶら》が浮かんできた。このままでは理沙子の口の中に発射してしまうことになりそうだが、それでいいのだろうか？

もちろん、いいわけはなかった。女が突然、男にフェラチオをする理由などひとつしかない。セックスがしたいのだ。なのにやられた男が口内で欲望のエキスをぶちまけ、賢者タイムに突入してしまっていいわけがない。完全に興醒めになる。理沙子はすっかりしらけた顔で、いま来た道を戻るために、アクセルを踏みこむに違いない。

（たっ、耐えるんだっ……耐えるしかないっ……）

ここさえ耐えしのげば、ラブホテルに行けるはずだった。そして、ベッドに横たわれば攻守交代、今度はこちらが、たっぷりと理沙子をねぶりまわしてやればいい。

そういう展開にもっていきたかった。彼女は人妻だから、体を重ねたところで明るい未来は望めないだろう。しかし、人妻だからこそ、浮気の一発は極めて濃厚な可能性がある。その証拠はこのフェラチオだ。清楚に見えても性感は開発されきり、欲求不満をたっぷりと溜めこんでいるはず……。

（たっ、耐えるんだっ……頑張れ、俺っ！）

必死に自分を励ましても、身をよじるのをやめられない。

おまけに、理沙子のフェラチオはいやらしさを増していくばかりだ。じゅるっ、じゅるるっ、と先端をしゃぶりたてては舐めまわし、鈴口をチロチロと刺激してくる。芯から熱くなった男根を、細い指先でしごきたててくる。

「ぬおおおっ……ぬおおおおーっ！」

哲彦は歯を食いしばって射精欲をこらえたが、もはや我慢の限界は近かった。後先考えず、理沙子の口の中に熱い粘液をぶちまけたかった。たとえセックスまでもちこめなくても、彼女の口に男の精をドクドクと注ぎこめば、それで充分な気がしてならなかった。

6

そのホテルの部屋には窓があった。

普通、ラブホテルの部屋には窓がなく、ムーディな薄明かりが淫心を揺さぶってくるものだが、観光地ゆえだろう、レースのカーテンの向こうに江ノ島が見え、海がひろがっている。

とはいえ、哲彦は窓からの景色をのんびり眺めるような気分ではなかった。クルマの中では結局、射精をしなかった。頑張って耐えきったというより、理沙子がさせてくれなかった。哲彦がイキそうになると刺激を弱め、延々と生殺しで悶絶させられたのだった。

（いったい、なんなんだ……）

やがて理沙子はクルマを発車させ、ラブホテルに移動してきたわけだが、哲彦は混乱の極地にいた。もちろん、セックスをするための密室に来たからには、やることはひとつだろう。ズボンの中のイチモツは勃起したままで、彼女の唾液すらまだ乾いていないような状態だ。哲彦にしてもセックスがしたくてしかたがなかったけれど、頭は混乱していくばかりだった。

理沙子を見た。

眼が合った。

相変わらずこちらを咎めるような眼つきをしていたが、そんなことはもう、どうでもよかった。理由を問いただすことより押し倒すべきだと、もうひとりの自分が言っていた。話なら、あとでいくらでもすればいい。

「りっ、理沙子さんっ！」

身を寄せていき、抱きしめた。理沙子は羞じらって身をよじったが、かまわずベッドに押し倒した。すらりとしたスタイルの彼女は天使のように軽く、未体験の駅弁スタイルだってできそうだった。哲彦の興奮はもはや限界を超えていた。唇を重ねたとき、歯と歯をぶつけてしまうくらい欲望がつんのめっていた。

「ぅんんっ……ぅんんっ……」

舌をからめとり、吸いたてた。これがクルマの中でいやらしすぎるフェラをしてきた舌かと思うと、しゃぶりまわさずにはいられなかった。

「ぅんぐっ……ぐぐっ……」

深い口づけに理沙子は呼吸ができなくなり、美貌がみるみる赤く染まっていった。眉根を寄せた苦悶の表情が、なんとも言えずセクシーだ。

(自分からフェラまでしてきたくせに、素っ気ない態度は許さないぞ……)

もちろん、いつまでも無反応を決めこんでいることはできないだろう。顔は清楚でも、彼女は人妻。性感は開発され、女の悦びを熟知している。体の内側に、欲求不満をたっぷりと溜めこんでいる。

「……ああああっ！」

服越しに胸をまさぐれば、理沙子はキスを続けていられなくなった。哲彦はカーディガンとブラウスのボタンをはずし、ブラジャーを露わにした。白地に花柄が散りばめられたデザインだった。カップの上から揉みしだくと、女らしい隆起を手のひらに感じた。

すぐにブラ越しの愛撫では我慢できなくなり、服を脱がし、背中のホックをはずしてしまう。カップをめくり、生身の双乳を露わにする。

「あああっ……」

理沙子は羞じらいに身をよじった。肉まんサイズの乳房は控え目な大きさと言ってよかったが、全体がすらりとスレンダーなので違和感はない。むしろ、上品ささえ感じさせ、揉みしだかずにはいられない。

「ああっ、いやっ……あああっ……」

白いふくらみに指を食いこませると、理沙子は細首をうねうねと振りたてた。艶《なま》めかしい反応だった。あずき色の乳首をくすぐりたててやれば、ぶるっ、と震えて身をすくめた。

（たつ、たまらないな……）

それは、いかにも大人の女の抱かれ方のような気がした。清楚でありながら熟れた人妻——隠しきれない欲望が、むくむくと突起してくる乳首に象徴されている。

哲彦は馬乗りになり、ふたつの胸のふくらみを両手ですくいあげた。やわやわと揉みしだきながら、突起した乳首を舌先でコチョコチョとくすぐってやる。

「あぁっ、いやっ……」

そう言って、顔をそむけた理沙子は、嫌がってなどいなかった。コチョコチョ、コチョコチョ、と両の乳首をくすぐるほどにハアハアと息をはずませ、眼の下をねっとりと紅潮させていく。眉間に刻まれた縦皺《たてじわ》がどこまでも深くなっていき、身をよじるのをやめられなくなる。

（いきなりフェラをされたのには驚いたけど……）

彼女のベッドマナーの本質は、実は羞じらいにこそありそうだった。乳首は尖《とが》らせても、乱れることを抑えているように見える。息ははずませても、声をもらすことを極力こらえている。

そうすることで、男を奮い立たせようとしているのだ。女が羞じらえば羞じらうほど男が燃えるという法則を、人妻である彼女は熟知している。

もちろん、哲彦も燃えた。

声を出すのをこらえているなら、出させてやりたくなる。乱れることを恐れているなら、あられもなく乱れさせてやりたくなる。

「くっ……くぅうっ……」

左右の乳首を代わるがわる吸ってやると、理沙子は背中を弓なりに反り返した。相当感じているようだった。それでも声をこらえているのは、立派なのかどうなのか。哲彦の眼には、欲望を限界まで溜めこんでいるように見えた。つまり、声をこらえているのは彼女のスケベさの発露なのだ。

(なんていやらしい人なんだ……)

なるほど、溜めこめば爆発力が高まるのは、セックスのセオリーかもしれない。だから彼女は、クルマの中のフェラチオで決して射精に導かないようにしていたのだ。たっぷりと男の精を溜めこんだ状態で、自分に挑みかかってきてほしかったのだ。

いささか意地悪な見立てのような気もするが、正解はすぐにわかる。

哲彦は理沙子の上からおり、ベージュのロングスカートを脱がせた。ナチュラルカラーのストッキングに包まれた下半身は、匂いたつようだった。実際、スカートの中にこもっていた湿っぽい発情のフェロモンが漂ってきたし、花柄のパンティが股間にぴっちりと食いこんだ様子が極薄のナイロンに透けているのもいやらしすぎる。

しばらく眼福《がんぷく》を楽しんでいたい気もしたが、哲彦は先を急ぐことにした。ストッキングをくるくると丸めて爪先から抜き、最後に残った一枚も脱がせてしまう。優美な小判形をした草むらが眼に飛びこんできて、ごくりと喉を鳴らして生唾《つば》を呑みこむ。

「いやっ……」

理沙子は股間を両手で隠そうとしたが、無駄な抵抗だった。哲彦は彼女の両脚をひろげ、M字に割りひろげていった。股間はまだ両手で隠されたままだったが、ぐいぐいとひろげて恥ずかしい格好に押さえこんでいく。すると、彼女がスリムで軽いからだろう、そこまで力を込めたつもりはないのに、背中が丸まっていった。気がつけば、マングり返しの体勢になっていた。

「いっ、いやあああーっ！」

理沙子は恥辱に歪んだ悲鳴をあげたが、時すでに遅し。その体勢に押さえこまれてしまえば、もはや抵抗はできない。両手は相変わらず股間を隠していたが、それだって風前の灯火だった。

「どけてくださいよ」

哲彦は卑猥な笑みをもらしながら言った。

「さっきのお返しをしてあげますから、恥ずかしいところを全部見せてください」

「ううっ……」

理沙子は言葉を返さず、真っ赤になった顔をそむけた。両手も股間からどかさず、無駄な抵抗を続ける。

ならば、と哲彦はダラリと舌を伸ばした。マングり返しの苦しい体勢で理沙子が隠せているのは、草むらと割れ目だけだった。セピア色の可愛いすぼまりは両手のガードからはみ出していたので、そこをペロペロと舐めてやる。

「やっ、やめてっ！」

理沙子が焦った顔を向けてくる。

「そっ、そんなところを舐めないでちょうだいっ！」

まるで尻尾を踏まれた猫だった。酸いも甘いもかみ分けた人妻でも、さすがにアナル舐めには慣れていないらしい。ひどくくすぐったそうだし、それ以上に恥ずかしそうだ。

「だったら手をどけて、オマンコ見せてください」

哲彦はあえて卑語を放ち、ペロペロ、ペロペロ、とアヌスを舐める。細かい皺の一本一本を舌先でなぞるように刺激してやれば、理沙子はひいひいと無残な悲鳴をあげはじめた。

「ああっ、やめてっ……そこはやめてっ……」

「だったら見せてくださいよ、オマンコを」

哲彦は勝ち誇った顔で言った。

「こっちを舐めてって、オマンコ丸出しにしてください」

「あああっ……あああっ……」

理沙子は羞じらいにあえぎつつ、生々しいピンク色に染まった細首をうねうねと振りたてる。排泄器官を舐めまわされるのは恥辱でも、見せろと言われて、みずから女の花を見せるのも、それはそれで恥ずかしいのだろう。

哲彦は焦らなかった。可憐なアヌスをねちっこく舐めまわしながら、理沙子の表情をうかがった。清楚な美貌が真っ赤に染まり、眉根をきつく寄せて恥辱に唇を震わせている。

いやらしい顔だった。そこには手練手管などいっさいない、本物の羞恥が浮きあがっていた。

「わっ、わかったからっ……わかったから、後ろはもうやめてっ……」

理沙子はいまにも泣きだしそうな顔で言うと、股間を隠している手を、片方ずつどけていった。どれほどの美人でもそこだけは獣じみている欲望器官が、哲彦の眼と鼻の先で露わになった。

7

（うっ、うわあっ……）

理沙子の股間をのぞきこんだ哲彦は、まばたきも呼吸もできなくなった。

黒い繊毛が生えているのは恥丘の上だけで、形は小さな小判形。エレガントな生えっぷりと言ってよかったが、女の花はさにあらず。やけに大ぶりな花びらがくにゃくにゃと縮れてイソギンチャクのような形をしていた。縁の黒ずんだアーモンドピンク色に、いままで嚙みしめてきた肉の悦びの記憶が蓄積されているようで、卑猥としか言い様のない姿をしている。その下で小さくすぼまっているアヌスのほうが、むしろずっと可愛らしいくらいだ。

（なっ、なんていやらしいオマンコなんだっ……）

さすがにそれは口にはできず、ふうっ、と息を吹きかけてみる。複雑に縮れ、身を寄せあっている花びらに吐息がかかり、それが鼻先に跳ね返ってくる。獣じみた匂いをたっぷりと孕《はら》んで……。

「そっ、そんなに見ないでっ……」

理沙子が声を震わせる。さすがに本気で恥ずかしがっているように見える。

哲彦はどこから責めていけばいいか迷いつつ、とりあえず舌を伸ばした。割れ目の位置がよくわからないまま、くにゃくにゃと縮れた花びらを、ペロリ、ペロリ、と舐めていく。

「くっ……くくくっ……」

理沙子が眉根を寄せて眼をつぶる。マングり返しで頭を下にされているせいもあるのだろう、清楚な美貌はみるみる紅潮していき、耳や首筋まであっという間に生々しいピンク色に染まっていった。

「むうっ……むううっ……」

哲彦は鼻息をはずませて舌を使った。花びらは縮れているだけではなく、サイズも大きければ厚みもあった。思わず、結合したときの感触を想像してしまう。やけに弾力がありそうで、口の中に生唾があふれてくる。

ペロペロ、ペロペロ、と舐めていると、やがて、複雑に折り重なっていた花びらがふたつに割れ、つやつやと濡れ光る薄桃色の粘膜が恥ずかしげに顔をのぞかせた。そこの色は妙に清らかで、けれどもたっぷりと蜜をしたたらせ、濃厚な発情のフェロモンをむんむんと漂わせてきた。

「あううっ！」

肉穴に舌先を差しこんでやると、理沙子は声をこらえきれなくなった。思わず声をもらしたあとに、羞じらう表情がセクシャルだ。

哲彦はヌプヌプを浅瀬を穿《うが》ち、くなくなと舌を動かした。花びらが大きく厚いせいで、割れ目部分が凹形に窪み、新鮮な蜜がすぐに溜まった。舌を離せばねっちょりと糸を引き、じゅるっと啜《すす》れば口内に獣じみた匂いが充満した。

「いっ、いやっ……いやよっ……こんな格好、許してっ……」

理沙子は哀願してきたが、許すわけにはいかなかった。クルマの中でフェラをやめなかったことへの意趣返しだった。いや、清楚な人妻のマンぐり返し姿がいやらしすぎて、やめることなどできなかった。

「はぁあううーっ！」

舌先がついにクリトリスをとらえると、理沙子は甲高い悲鳴をあげた。いまにも泣きだしそうな顔でこちらを見て、ハアハアと息をはずませた。哲彦は見つめ返しながら、舌を躍らせた。敏感な肉芽をねちねちと転がしては、チュウッと吸いたててやる。

「ああっ、いやっ……いやいやいやあああっ……」

真っ赤な顔で首を振る理沙子は、すでにクンニの快楽に溺れかけていた。だが、前戯はまだ序の口である。クリトリスは舐めれば舐めるほど淫らに尖り、みずから包皮を剝ききって珊瑚《さんご》色の全貌を露わにした。それをねちねちと舐め転がしながら、哲彦は両手を理沙子の胸に伸ばしていった。左右の乳首をつまみあげつつ、さらにしつこくクリトリスを舐める。

「あああああーっ！　はぁあああああーっ！」

理沙子はもはや、抵抗の言葉を口にすることもできず、よがり泣くばかりとなる。マンぐり返しでは身をよじることすらままならず、淫らな刺激をただ一方的に受けとめるしかない。女体に欲望が溜まっていくのが、はっきりとわかった。爆発を求めて、理沙子から理性を奪っていく。

「ああっ、いやっ……そっ、そんなにしたらっ……そんなにしたら、イッ、イッちゃうっ……わたし、イッちゃうっ……」

真っ赤に染まった美貌をくしゃくしゃにして、理沙子が言う。困惑顔をしながらも、迫りくるオルガスムスを甘受しようとしている。

「……あふっ」

クリトリスから舌を離すと、理沙子は情けない声をもらした。イクことができなかった無念さに、あられもなく開かれた太腿をぶるぶると震わせた。

哲彦は黙って理沙子を見つめた。

理沙子も黙って見つめ返してくる。

哲彦が口許《くちもと》だけで笑う。

理沙子は眼尻を垂らし、閉じることができなくなった唇をわなわなと震わせる。

「あううううーっ！」

再びクリトリスを舐め転がしはじめると、理沙子は甲高い悲鳴を部屋中に響かせた。

その声は喜悦に歪みきり、浅ましいほどオルガスムスを求めていた。

8

「ゆっ、許してっ……もう許してっ……」

哀願を続けている理沙子の顔は、紅潮して脂汗にまみれている。ともすれば元の清楚な彼女と別人に思えるほど、淫らがましく歪んでいる。

「いっ、意地悪しないで、もうイカせてっ……イキたいのっ……こんなのおかしくなっちゃうっ……」

哲彦はマンぐり返しで彼女の性感帯を刺激しつつ、オルガスムス寸前で愛撫をとめる焦《じ》らしプレイを、もう五、六回も繰り返していた。クルマの中の意趣返し、というつもりはとっくになくなっていた。絶頂の逃したときの理沙子のやるせない表情がいやらしすぎて、何度も見ずにはいられなかったのだ。

とはいえ、そろそろこちらも我慢の限界だった。

哲彦はマンぐり返しの体勢を崩すと、自分の服を手早く脱いだ。勃起しきった男根を反り返しながら、体位を考える。ストレートに正常位か、支配欲を満たせるバックスタイルか、それとも……。

「あのう……」

ハアハアと息をはずませている理沙子に身を寄せていく。

「上になってもらっていいですか？」

「……えっ？」

理沙子が怪訝《けげん》な眼を向けてくる。

「上になってほしいんですよ、いいでしょう？」

疑問形で訊ねつつも、哲彦は答えを待たずにあお向けになった。勃起しきった男根を臍《へそ》に張りつけて、早くまたがってくれと手招きした。

正常位やバックも捨てがたいけれど、相手が年上の人妻となれば、いちばん試してみたいのは騎乗位ということになる。手練手管も欲求不満もすべてを爆発させ、腰を振りたてる姿を見てみたい。

「さあ、早く」

うながすと、理沙子はおずおずと片脚をもちあげて哲彦の腰にまたがってきた。ためらっているように見えるのは、自分が上になれば、いやらしすぎる腰使いを披露してしまうと危惧しているからだろう。

むしろ、そうならないほうがおかしい。彼女はクンニで焦らしに焦らされ、オルガスムスをずっとおあずけにされていたのだ。マングり返しという窮屈な体勢から、自由に動ける騎乗位になり、我を忘れて腰を振らないわけがない。

「ううう っ……」

理沙子は羞じらいに眼の下を赤く染めながら、挿入の準備を整えた。少し腰を浮かせ、勃起しきった男根を濡れた花園に導いていく。

「あああっ……」

先ほどまでは、あれほど頑張って声をこらえていたのに、亀頭がヌルリとすべっただけで、せつなげな声をもらした。きりきりと眉根を寄せながら、ゆっくりと腰を落としてくる。

ずぶりっ、とまずは亀頭が埋まった。中腰の体勢で動きをとめ、最後まで腰を落としてこなかったのは、彼女なりのたしなみだろう。いきなりずぶずぶと根元まで咥えこんでしまっては、いかにもはしたないし、肉の悦びに飢えているように見える。

しかし、いくら慎み深さを演出したところで、本性は隠しきれなかった。長々と続けたクンニの効果が、彼女の肉体にがっちり食いこんでいる。本当は恥も外聞も投げだして、セックスを謳歌《おうか》したいに違いない。

「ああっ……あああっ……」

震える声をもらしつつ、腰を小刻みに上下させる。浅瀬でチャプチャプと亀頭をしゃぶりあげて、肉と肉とを馴染ませていく。

絶頂寸前まで昂ぶっている理沙子は、そんなことをする必要がないくらい濡らしていた。すべりがよすぎるくらいだったし、あとからあとから新鮮な蜜もあふれてくる。理沙子が動くほどに、ぬちゃっ、くちゃっ、という卑猥な音が、緊張感に満ちたベッドの上に響き渡る。

「ああっ、いやっ……」

高まる欲望に、下半身は為《な》す術《すべ》もなく結合を深めていった。太腿をぶるぶると震わせているのは、恥ずかしいからではない。一刻も早くすべてを呑みこみたくて、いても立ってもいられなくなっているのである。

「くっ……くぅううう一っ！」

限界まで眉根を寄せた理沙子の顔には、もう我慢できない、と書いてあった。覚悟を決めて、全体重を結合部分に預けてきた。

しかし——。

彼女は望みのものを手にすることができなかった。哲彦が両膝を立て、彼女のヒップを太腿で受けとめたからである。理沙子の側になってみれば、哲彦の太腿が邪魔をして、腰を落とすことができなくなったわけだ。

「えっ？　ええっ？」

訳がわからないという顔で、理沙子がこちらを見てきた。男根はまだ、半分ほどしか呑みこめていなかった。いちばん欲しい奥まで、亀頭が届いていない。なぜ？　どうして？　いかにも中途半端なこんな状態をキープするのか、理沙子は戸惑いきっている。

「いきなり全部はもったいないですよ」

哲彦は意味ありげに笑いながら、両手を彼女の胸に伸ばしていった。清楚な顔によく似合う控え目なふくらみは、けれどもひどく敏感だった。やわやわと揉みしだくと、理沙子は戸惑っていられなくなった。

「ああああっ……はぁあああっ……」

艶めかしい声をもらし、スレンダーなボディを淫らがましくよじりはじめた。乳首をいじれば、ぎゅっと眼をつぶって半開きの唇を震わせた。

「あああっ……あああああっ……」

ヒップを太腿で押さえられているので、必然的に前屈みの格好になっていく。男の体の上で、四つん這いになっている状態だ。半分ほどしか入れてもらっていないヒップをせつなげにもじつかせながら、乳房の刺激に身をよじる。前屈みになって近づいてきた乳首を、哲彦は交互に口に含んだ。

「くぅううううーっ！　くぅううううーっ！」

ツンツンに尖りきった乳首を吸いたて、口内で舐めまわした。時に甘噛みまでしてやると、理沙子は細首をうねうねと振りたてて身悶えた。女体の発情指数がぐんぐん上昇していくのを、哲彦は感じていた。素肌が火照りきっているし、甘ったるい汗の匂いもする。

腰も動いていた。半分ほどしか入っていなくても、刺激がゼロのわけではない。淫らがましく腰をくねらせて、少しでも快楽を得ようと性器と性器をこすりあわせてくる。

健気《けなげ》だった。そういう健気さが、哲彦は嫌いではなかった。ご褒美に、両脚を伸ばしてやった。つっかえ棒のようになっていた太腿から、理沙子のヒップを解放した。

「はっ、はぁあううううーっ！」

ずぶずぶと最奥まで貫かれ、理沙子は甲高い悲鳴をあげた。深い結合がもたらす衝撃に、眼を白黒させた。

しかしすぐに、動きはじめた。欲しくて欲しくてたまらなかったものが、ようやく与えられたのだ。動かずにはいられなかったのだろう。

「はぁああっ……いいっ！　いいいいいーっ！」

パチーン、パチーン、とみずからヒップを鳴らして、男根をしゃぶりあげてくる。

「きっ、きてるっ……奥まできてるっ……いちばん奥までっ……とっ、届いてるううーっ！」

むさぼるようにヒップを上下に振りたてては、あんあんと淫らな嬌声《きょうせい》を撒《ま》き散らす。いまにも感極まりそうな顔でキスをしてくると、唾液にまみれの舌を哲彦の舌にからめてくる。

たまらないようだった。

哲彦は両手を彼女のヒップに伸ばし、双丘を鷲づかみにした。豊満な尻肉にぐいぐいと指を食いこませつつ、満を持して下から律動を送りこんでいく。

「はっ、はぁおおおおおーっ！」

理沙子が獣じみた声をあげる。ずんずんっ、ずんずんっ、というリズムに乗って、控え目なふくらみをタプタプ揺らす。

「ダッ、ダメッ……そんなのダメッ……イッちゃうっ……そんなにしたらイッ、イッちゃううう……」

「イキたくないんですか？」

眼を見て言ってやると、

「あああーっ！」

理沙子も涙眼で見つめ返しながら悲鳴をあげた。

「イッ、イキたいっ……お願いっ、イカせてっ……」

それはいままで繰り返された哀願の中でも、もっとも切実で、男心を揺さぶるものだった。哲彦はいま、彼女を完全に支配していた。年上の人妻に対して、可愛いとすら思ってしまった。

だから、望みのものを与えてやってもよかった。絶頂寸前の蜜壺は締まりを増し、男根に吸いついてきていた。すさまじい食い締めだと、言ってよかった。イカせてやれば、いま以上の快感を味わえることは間違いない。一度イカせたところで、女は何度でも絶頂できるのだから、遠慮する必要はなにもない。

しかし、哲彦は再び両膝を立て、理沙子のヒップを押さえた。男根が半分以上挿入できないようにしてしまう。

「あああああっ……」

理沙子がやるせない顔で見つめてくる。

「どうしてっ……どうしてっ……」

「どうせなら、でっかい花火をあげたほうがいいでしょう？」

哲彦は理沙子の上体を起こし、両脚を立てさせながら、自分の両膝を伸ばしていった。

「ああっ、いやっ……」

理沙子がバランスを崩しそうになったので、哲彦は両手を繋いだ。指と指とを交差させて、後ろに倒れないようにした。

理沙子は騎乗位で、M字開脚を披露していた。

「いっ、いやっ……いやよ、こんな格好っ……」

真っ赤に染まった美貌を左右に振って羞じらったが、M字開脚の中心には、勃起しきった男根がずっぽりと埋まっている。結合部が丸出しになっていても、両手を繋いでいては隠すこともできない。

いや、それ以上に彼女は、快楽に五体を支配されていた。上体を起こしたM字開脚になったことで、結合感が段違いに深まったのだ。動きだす前から、亀頭が子宮にあたっていることが、哲彦にもはっきりとわかった。

「あああっ……あああああっ……」

みずからの格好に激しい羞恥を覚えて身をよじりつつも、理沙子は腰を動かさずにいられない。蹲踞《そんきょ》の体勢で股間を上下させるのは、女にとってもっとも恥ずかしいやり方だろうが、それでもやらずにいられない。股間をあげれば、彼女が漏らした蜜でネトネト濡れ光る肉棒が姿を現し、腰を落とせば花びらを巻きこんで埋まっていく。その部分に熱い視線を感じながら、男根をしゃぶりあげるしかない。

「いっ、いやあああっ……いやあああっ……」

長い黒髪を振り乱すほど首を振っても、彼女はもう、快楽の奴隷だった。パチーン、パチーン、と尻を鳴らして、男根をしゃぶりあげる。ピッチはスローでも、一打ごとに亀頭が子宮を押しあげている。女がもっとも感じる部分に、痛烈な刺激が送りこまれている。

いい眺めだった。

哲彦は鼻息を荒げながら、乱れる人妻をむさぼり眺め、理沙子が動きをとめそうになると、下からしたたかに突きあげた。ずんずんっ、ずんずんっ、と連打を送りこんでやれば、女体は再び生気を取り戻し、パチーン、パチーン、と尻を鳴らしはじめる。いやらしいくらい締まりを増した蜜壺で、男根をしゃぶりあげてくる。

「ダッ、ダメッ……もうダメッ……」

理沙子は喜悦の涙を流しながら哲彦を見つめてきた。

「イッ、イキそうっ……イッちゃいそうっ……もっ、もうイカせてっ……意地悪しないでっ……」

哲彦がうなずくと、

「ああああああああーっ！」

ひときわ甲高い声をあげ、オルガスムスに駆けあがっていった。

「イッ、イクッ……もうイッ……イッちゃう、イッちゃうっ、イッちゃうっ……はぁあああーっ！　はぁあああああーっ！」

あえぎにあえぎ、乱れに乱れて、理沙子は絶頂に達した。M字開脚の騎乗位という恥ずかしすぎる格好で、結合部を哲彦に見せつけながら、女に生まれてきた悦びを謳歌した。

第三章　同級生妻と淫具

1

週明けの月曜日――。

普段なら同僚と誘いあわせてランチに行く哲彦だが、今日はどうにもそんな気になれず、昼休みになるとひとりで社外に出た。

食欲はなく、それ以上に元気がなく、デスクワークをしていてもいつの間にかぼんやりしていて、ハッと我に返ることが何度もあった。

完全に腑抜《ふぬ》け状態だった。

体調はすっかりよくなっていたが、心はまだ風邪をひいている――そんな感じである。二日前の土曜日のことが忘れられず、気がつけば理沙子のことを思いだしていた。

あの日——。

哲彦は年上の人妻の体をむさぼり抜いた。M字開脚の騎乗位で彼女をイカせると、正常位に体位を移して腰を振りまくった。なにしろ、しばらく射精から遠ざかっていたので、その爆発力は自分でも驚くほどだった。射精寸前に男根を抜き、みずからしごいて膣外《ちつがい》射精をしたのだが、噴射した白濁液は理沙子の腹を軽々と飛び越え、胸元さえ通過して、彼女の顔に着弾した。唇はともかく、長い睫毛《まつげ》にねっちょりと白い粘液を付着させてしまったので、さすがに申し訳なく思ってしまった。

「……すっ、すいませんでした」

すべてを放出すると、哲彦は平身低頭して謝った。ティッシュを取って、自分の放出した粘液を丁寧に拭った。

美貌を汚してしまったのに、理沙子は気にもとめていない様子だった。ハアハアと呼吸がはずみすぎて、それどころではなかったのかもしれないが。

もちろん、哲彦の呼吸もはずんでいた。彼女の横であお向けになると、心地いい余韻に浸ることができた。

（すごかったなあ……）

最終的にイニシアチブを握ったのはこちらだが、大胆なことをしたかと思えば羞じらい深く、やがて本気で感じはじめた理沙子に、すっかり翻弄されてしまった。これほど夢中になってセックスをしたのは、実に久しぶりのことだった。

おかげで、情がわいてしまった。

隣で呼吸をはずませている女が愛《いと》おしくてならず、ただ一度の情事で終わらせてしまうことが残念でならなかった。

「あのう……」

理沙子に身を寄せてささやいた。

「すごく……よかったです……」

理沙子は薄眼を開けて微笑んだ。憑《つ》きものが落ちたような笑顔だった。彼女の笑顔を見たのは初めてのような気がした。

「わたしも……すごくよかった……すーっとしちゃった……海岸線を歩くよりずっと……」

「なら、いいですけど……」

哲彦は理沙子を抱きしめて背中を撫でた。彼女の体はまだ熱く火照り、じっとりと汗ばんでいた。

「始める前、なんか怒った顔してたから……」

「ああ、あれは……」

理沙子は苦笑した。

「緊張してたのよ。浮気してやる、って思ってたけど、浮気なんかしたことないから、悪い女を必死で演じてたっていうか……」

「付き合ってもらえませんか？」

唐突な台詞に、理沙子は眼を丸くした。

「理沙子さんがいまのご主人に不満をもってるなら……なにもいますぐ離婚とかそういう話じゃないですけど……もう会えないっていうのは……すごく残念で……」

しばらく言葉が返ってこなかった。理沙子は不思議そうな眼つきで哲彦の顔を眺めていた。それから、ふっ、と息を吐きだして言った。

「ありがとう」

恥ずかしそうに腕にしがみついてくる。

「そんなふうに言ってもらえるなんて、思ってもみなかった」

「どうしてですか？　理沙子さんは素晴らしし女性ですよ。頼りないご主人や、意地悪な姑さんに囲まれて、不本意な人生を送ってるのなんて……」

「やめて」

理沙子が口を押さえて遮った。

「もう充分……それ以上は言わないで……」

「でも……」

「わたしは浮気をしちゃう悪い女なの。悪い女は、いまだけを生きてるものだから……」

意味がよくわからなかった。

「そりゃあね、夫にも姑にも不満はあるけど、それを本格的に裏切ることは、わたしにはできない」

「……ダメですか？」

どうやらフラれてしまったらしい。理沙子の言葉には毅然とした響きがあった。

「ごめんね」

「いや、べつに……」

「あなたには感謝してる。気晴らしに引っ張りだしてくれたことにも、エッチに付き合ってくれたことにも……でも、未来を誓い合う相手は、ひとりいれば充分なの。夫と別れて、また誰かと一からやり直すなんて……」

「わかりました」

それ以上言葉を継がせないように、哲彦は理沙子を抱きしめた。言葉を継げば継ぐほど、哀しげな表情になっていくことが耐えられなかった。

理沙子も抱擁に応えてくれた。しばらくの間、無言で抱きしめあっていた。しかしその抱擁が、再び熱を帯びてくることはなかった。余韻の汗がひいたら、家路につくしかないようだった。

それが人妻というものなのかもしれない――哲彦は理沙子の長い黒髪を撫でながら、心でさめざめと泣いていた。

2

ランチタイムの飲食店はどこも混みあっていた。

オフィス街なのでランチに力を入れている店が多く、いつもならどの店にするか迷うほどなのだが、食欲がないので今日に限ってはまったくそそられなかった。自動販売機で温かい缶コーヒーを買い、公園のベンチに座った。気温は低かったが風はなく、陽だまりのベンチにいればそれほど寒さは感じない。

(隣の女か……)

占い師の言葉が、ずっと頭の中でリフレインしていた。

『あなたの隣にいる女に、運命を感じます。ただ、いまはまだ、隣にはいないかもしれない。隣に現れる女を常に意識して、チャンスは逃がさないで』

あの占いは、当たっていたのか、はずれていたのか。

香澄に理沙子、信じられないほどの美人と二回も続けてセックスができたのだから、その点ではすさまじい的中率と言っていい。どちらかひとりだけでも、あんな棚ぼた経験はいままでしたことがないのだから、これ以上の幸運はないのかもしれない。

ただし、どちらも人妻というのがいただけなかった。哲彦が探しているのはセックスフレンドではなく、ましてやワンナイトスタンドの相手でもなく、花嫁候補なのである。

毎朝眼を覚ませば、そこはひとり暮らしには広すぎる一戸建て。あのガランとした物悲しい空間を、一刻も早く幸せのスイートホームに転換させたい。パートナーがいなければ、広さとはつまり淋しさだ。

それどころか、まだ見ぬパートナーに気を遣《つか》って、家電や家具すら揃えられない有様だから、住みづらくてしようがないのである。ソファにしろテーブルセットにしろ、人には好みというものがあるし、ベッドに至っては、絶対にふたりで新品を買ったほうがいい。そういう事実がなくても、このベッドで他の女を抱いたのかもしれないと勘繰られては、夫婦の営みだって盛りあがらないだろう。

「……あら」

前を歩いていた女が、立ちどまってこちらを見た。キャスケットを目深《まぶか》に被り、ベビーカーを押している。新米ママさんの風情である。

「三橋くんよね？」

「そっ、そうですけど……」

哲彦が訝《いぶか》しげに眉をひそめると、女はキャスケットのつばをあげ、にっこりと満面の笑みを浮かべた。

「わたしのこと、覚えてない？　高校で一緒だった……」

「あああーっ！」

哲彦は思わず声をあげて立ちあがった。その猫のように大きな眼には、見覚えがあった。さらには黒髪のショートボブがよく似合う、小柄な元気印。キャスケットとベビーカーのせいで一瞬知らない相手だと思ったが、忘れようがない高校時代の同級生だった。

三国里美《みくにさとみ》である。

男子人気を一身に集めていた、マドンナ中のマドンナ。哲彦ももちろん憧れを抱いていたが、初恋の相手というのもおこがましいほど、別格扱いの学園のアイドル……。

「この辺で働いているの？」

かつてと変わらぬまぶしい笑顔で訊ねられ、

「あっ、いや、その……」

哲彦はしどろもどろになってしまった。

「すぐそこの製薬会社で経理を……いや、そんなことよりびっくりした。十二年ぶりだよな？　まさかこんなところで三国に会うなんて……」

「いまは三国じゃないけどね」

里美は鼻に皺を寄せて悪戯《いたずら》っぽく笑った。それはそうだろう、ベビーカーを押しているのだから、結婚しているに決まっている。

「いくつ？」

ベビーカーをのぞきこんで言った。

「ようやく二歳」

「へえぇ……」

二歳児はすやすやと眠っていた。可愛らしい女の子だった。きっと成長すれば、母と同じく押しも押されもしない美少女になるはずだ。

「たまには息抜きしようと思ってデパートに来たんだけど、ギャン泣きされて出てきたら寝ちゃうんだから……ホント、子供って自由よね」

「まあ、しかたがないさ……」

うなずきつつも、哲彦の意識は子供になどまったく向かっていなかった。

（子持ちになっても、この透明感かよ……）

同級生だから、里美も三十歳になっているはずだった。三十路《みそじ》のママなのに、この清らかな可愛らしさ……さすがという他ない。六本木のスイーツショップでパテシエとして働いているという噂を聞いたことがあるが、アイドルあがりのママさんタレントも裸足で逃げだすくらい輝かしいオーラを放っている。

（そういえば、彼女も隣の女だったな……）

哲彦の通っていた高校では、年に二回ほどクラスで席替えがあった。しかし、テストになると出席番号順に並ぶので、かならず彼女と隣同士になったのである。しかも、三年間同じクラスでそういう状況が続いたので、高校時代の隣の女と言えば、真っ先に彼女を思いだす。

「ねえ、三橋くん？」

「えっ？　なに？」

「偶然会ったあなたにこんなことお願いするのも申し訳ないんだけど、卒業アルバムって持ってるかしら？」

「ああ……実家にあるはずだけど」

「貸してくれない？」

上目遣いで見つめられ、哲彦の心臓はドキンと跳ねあがった。

「わたし、何度か引っ越ししてるうち、失くしちゃったのよ。でも、夫が見たいって見たいってしつこいから……」

「べつにかまわないよ」

哲彦は笑顔で快諾した。里美のような女を娶ったのなら、その高校時代の美少女ぶりを写真で確認したくなるのは、男なら当然の心情だろう。

しかしなにも、会ったこともない里美の夫に気を遣い、彼女の頼みを快諾したわけではない。

下心があった。

頼みを引き受ければ、里美と連絡先を交換できるとか、アルバムを渡すときと返してもらうとき、つごう二度ほど会えるはずだとか、そういうことではない。

いくらかつての憧れで、いまだ衰え知らずの可愛らしさを発揮している彼女とはいえ、人妻である。可愛い顔をしていても、家に帰れば夫に抱かれてあんあんよがっているに違いないし、子供がいるということは中出しだって決めているわけである。そういう女と距離を縮めたところで、哲彦の淋しいひとり暮らしはまったく改善されない。

とはいえ、里美は高校時代から友情に厚かった。男にモテモテの女は普通、同性には嫌われるものだが、里美は違った。顔に似合わず姉御肌《あねごはだ》だから、クラスの中ではいちばんの中心人物だったし、普段は一匹狼を気取っているオタク系の女子でも、困りごとがあれば彼女に相談していた。

しかも、である。

里美の親友と呼んでいい五、六名は、アイドルグループさながらの美人揃いだったのである。小柄で可愛い里美がいちばん目立っていたのは間違いないが、彼女以外でも充分に可愛かったり、綺麗だったりする女ばかりだった。

つまり……。

彼女に恩を売っておけば、お仲間のひとりやふたり、紹介してもらえるのではないか、と思ったのである。

元クラスメイトじゃなくても、同年代の女友達なら結婚を焦っている向きも多いはずだった。里美の幸せそうな様子を見て、わたしも早く結婚したい！　と身をよじっているに違いなく、そういう人を紹介してもらえれば、誰も損をしないウィン・ウィンのハッピーエンドになるではないか。

3

週末の土曜日——。

哲彦は正午前に、実家から送ってもらった卒業アルバムを鞄に入れて家を出た。

里美との待ち合わせに向かうためだが、気分は冴えなかった。ゆうべ、久しぶりに卒業アルバムなど見てしまったせいで、悶々とした夜を過ごさなければならなかったからだ。

（おいおい、里美のやつマジで可愛いじゃねえかよ……）

卒業アルバムに載っているのは、証明写真のような味気ないものなのに、里美の美少女ぶりは記憶にあった以上のもので、じっと見ていると高校時代のあれこれが走馬燈のように脳裏を駆け巡っていった。

試験の途中、シャーペンの芯がなくなって泣きそうになっていると、隣の彼女がそっと渡してくれた。放課後の校庭をみんなに手を振りながら帰っていく彼女のことを、教室の窓からいつもぼんやりと眺めていた。階段ですれ違ってパンチラを拝んだときは、それから一時間くらい勃起がおさまらなかった……。

なにしろ相手は学園のマドンナで、こちらはその他大勢のひとりだから、たいしたエピソードがないのが情けないが、考えてみれば高校時代、もっともオナニーのおかずにしたのが彼女だった。

里美は小柄で、おそらく身長が一五二、三センチ。なのに体はやけにムチムチしていて、バストやヒップも発育がよかった。哲彦がとくに眼を惹《ひ》かれたのがふくらはぎで、そこの肉づきがいいなら、太腿だって素晴らしい張りつめ方に決まっていると、いつも妄想していた。

その彼女もいまや人妻……。

結婚をして子宝にも恵まれ、幸せに暮らしている……。

元クラスメイトとしては祝福してしかるべきだが、こみあげてくるのは哀しさや淋しさばかりだった。同棲していた彼女にさえ逃げられなければ、こちらだって結婚していたのである。

（そりゃあ、里美ほど美人じゃないよ……ルックスでは負けるけど……）

なにしろ新婚なので、幸福指数で言えば里美にも負けていなかったはずだ。かつてのマドンナと再会しても、胸を張っておのろけ話のひとつも披露できたかもしれない。しかし現状は、これから彼女を頼って未来の恋人を紹介してもらおうとしているのである。

まったく情けないが、背に腹は替えられなかった。

哲彦は気合いを入れて、待ち合わせ場所であるレストランに入っていった。銀座のホテルの中にあるフレンチである。ランチとはいえひとり五千円は取られそうな高級店だったが、「わざわざ実家から持ってきてもらって申し訳ないから、ご馳走させて」と里美が譲らなかったのだ。

値段はともかく、哲彦はそういう場所に慣れていなかった。想像以上にセレブな雰囲気だったので、休日にもかかわらずスーツにネクタイでやってきて本当によかったと、安堵の胸を撫で下ろした。

里美は先に来て待っていた。

綺麗な庭が見える窓際の席に座り、ウエルカムドリンクらしきフルートグラスを傾けていた。

ボーイに椅子を引かれて腰をおろすと、

「……すごいところだな」

哲彦はボーイが去っていくなり、声をひそめて言った。

「いつもこんな豪勢なところで飯を食ってるのかい？」

「子育て中だから、最近は全然」

里美は苦笑まじりに笑みをこぼした。

「でも、たまにはこういうところで息抜きしたいのよね。アルバムのお礼なんて恩着せがましく言っちゃったけど、本当はわたしが来たかったの」

茶目っ気たっぷりに舌先を出す。

（かっ、可愛い……）

そこがどれほどセレブ感に満ちた高級レストランであろうと、哲彦の眼にはもう、里美のことしか映らなくなった。冬なのに二の腕を出していることが気になっていたが、彼女は深いブルーのミニドレスを着ていた。足元は銀色のハイヒールで、まるで制作発表に臨む女優のようだ。

（おしゃれをするのも久しぶりだから、力が入ったんだろうな……）

ドキドキしながら、哲彦は胸底でつぶやいた。ボーイが注文を取りにやってきたが、メニューを見てもさっぱりわからなかったので、すべて里美に任せた。食事の前に、赤白二本のワインボトルが運ばれてきたのにはびっくりした。本格的に飲むつもりらしい。

「お酒も久しぶりなの……」

ワイングラスをまわしながら、里美は笑った。笑っているのに、どことなく表情が淋しげなのが気になった。

「夫が家でお酒を飲むのを嫌がるから……かといって、子供がいたら、そうそう外には出られないしね。今日は、卒業アルバムを借りにいくって名目があったからよかったけど……あの人、すごく見たがってたから……」

「ご主人はなにをしてるんだい？」

「アパレル系の会社……通販がメインの……」

里美はつまらなそうに、かつさりげなく言ったが、要するに経営者ということらしい。なるほど、ひとり五千円のランチにも慣れているはずだ。恋人時代、あるいは子供を産む前は、さぞやいい思いをしていたに違いない。

（……おいおい、そんなことはどうでもいいんだ。ダンナの話なんて訊いてないで、早いところ友達を紹介してもらう話をしないと……）

哲彦は焦ったが、里美はワインを飲むほどに饒舌《じょうぜつ》になり、こちらが話を切りだす機会を与えてくれない。哲彦はしかたなく、次々と運ばれてくる料理を食べるしかなかった。高いだけあって、料理は完璧だった。コンソメスープをひと口飲んだだけで舌が踊りだしそうになったが、里美のせいでだんだん味がわからなくなってきた。

「そりゃあね、夫には感謝してるわよ。何不自由ない生活……っていうか、かなり裕福に暮らせてるし……でもなあ、独占欲が強すぎるっていうのかなあ、新婚時代から薄々勘づいていたけど、わたしが友達に会うのをすごく嫌がるのよね。子供を産んでからは、外出なんてとんでもないって感じになって……たしかに子供は可愛いけど……それでいて、自分は毎晩飲み歩いてるんだから、なんかもうがっかり……」

どこかで聞いたような話だと、哲彦は胸底で溜息をついた。

（結局、俺はそういう役まわりなのか……）

香澄も理沙子も、そうだった。初対面にもかかわらず、夫に対する愚痴を滔々《とうとう》と聞かされ、閉口してしまった。

おそらく哲彦は、愚痴をこぼしやすい相手に見えるのだろう。人畜無害で主張がなさそうだから、なにを言っても黙って聞いていてくれそうだと……。

（馬鹿にした話だよ、まったく……）

意地悪な気分がむくむくと頭をもたげ、

「ということは、夜のほうもご無沙汰なわけ？」

声をひそめて訊いてやると、

「えっ……」

里美はさすがに眼を丸くした。なにか言いたげに息を大きく呑みこんだが、そのときちょうど、メインの皿が運ばれてきた。牛肉の赤身ステーキである。

「やだ、おいしそう」

里美は肉に眼がないようで、蕩けるような笑みを浮かべて食べはじめた。小柄なくせに、すごい食欲だった。おまけに赤ワインをぐびぐび飲んでいる。哲彦は完全に気圧された。美女の旺盛な食欲はどういうわけかエロティックで、自分が食べるのも忘れて見入ってしまう。

「……ねえ、三橋くん」

肉をきれいに平らげると、里美は意味ありげな上目遣いを向けてきた。上目遣いは、高校時代から彼女の必殺技だった。それを向けられた男子生徒は、彼女の言葉に逆らえなくなる。

「知りたいの？」

「なっ、なにをっ……」

「三橋くんが訊いたんじゃない？　夜の話……」

「いっ、いやっ……それはもういいかなあ……」

哲彦はとぼけて肉に食らいついたが、途中で喉に詰まりそうになった。

「一回だけ」

里美がそう言ったからである。

「娘を産んでから、夜の営みはたったの一回……信じられる？」

「いっ、いやあ……」

哲彦は曖昧《あいまい》に首をかしげるしかなかった。たしかに、意地悪な質問をしたのはこちらのほうだが、困らせてやろうと思っただけなのだ。里美は答えられず、うつむくだけに違いないと確信していた。

「向こうはきっと、こう思ってるのよ。子供を産んだということは、わたしはもう子供の母親で、家族の一員……家族とセックスするなんておかしいって……もうわたしなんかに欲情しないいんじゃないかな……」

哲彦はナイフとフォークを持ったまま動けなくなった。そんな赤裸々な告白をされるとは思ってもみなかった。よくよく考えてみれば、憧れのマドンナの生々しい夫婦生活の話なんて聞きたくない。はっきり言って、耳の毒だ。

「……ごめんなさい」

里美は気まずげに顔を伏せた。

「ちょっと口がすべっちゃった……」

「いやいやいや……」

哲彦は必死にフォローした。

「俺がよけいなこと訊いたからいけないんだ。子育てが忙しくて、いろいろ溜まってるんだよ。まあ、飲んで飲んで」

ボトルを取って注ごうとしたが、赤も白も空だった。

「もう一本、頼む？」

里美は首を横に振った。

「……だな。昼間からちょっと飲みすぎたかもしれない」

哲彦は苦笑したが、里美は笑わなかった。伏せていた顔をゆっくりとあげた。上目遣いがこちらを向いた。

「なつ、なんだよ……」

哲彦はもう一度苦笑しようとしたが、頬がひきつってうまく笑えなかった。里美は押し黙ったまま、じっとこちらを見つめている。哲彦も言葉を返せない。沈黙が鼓動を乱し、息が苦しくなってきた。それでもまだ、里美はなにも言わず、ただ上目遣いで見つめてくる。

4

（どうしてこんなことに……）

銀座の街を小走りで駆けながら、哲彦は完全に混乱していた。頭の中は真っ白で、心は千々に乱れている。右手には、有名ディスカウントショップの名前が入った大きな黄色い袋。コートは置いてきたのに、犯人を追う刑事さながらに走っているから、首筋や腋《わき》の下が汗ばんできている。

元のホテルに戻った。しかし、向かったのは先ほどのレストランではなく、階上にある客室だった。ルームナンバー１４０４。ノックをすると、扉が開いて里美が顔をのぞかせた。

「早かったのね」

「すぐそこにディスカウントショップがあったから……」

お互い気まずげな感じで、眼を合わせずに言葉を交わした。里美はボディラインがはっきりわかるブルーのミニドレス姿だったから、いずれにせよ眼のやり場に困った。ミニ丈からのぞく肉感的な太腿がセクシーすぎる。

そこはシングルベッドがふたつ並んでいるツインルーム。デイユースという昼間だけ利用できるシステムがあるらしい。シティホテルをそんなラブホテルみたいな感じで利用できるのか、と哲彦は驚いたが、里美は慣れているようだった。会社経営者の夫と、逢瀬《おうせ》をしたことがあるのだろう。

三十分ほど前——。

飲みすぎたから部屋をとって少し休憩がしたいと言いだしたのは、里美だった。上目遣いを向けられて言われたので、哲彦は逆らえなかった。大事な話があるの、とも彼女は言った。

(これはベッドに誘われる展開では……)

男なら誰だって、そう思うはずだった。可愛い顔をしていても、里美は気が強い女だった。芯が強いと言ってもいいが、納得いかないことに関しては、たとえ相手が鬼教師でも一歩も引かなかった。

そんな彼女が夫に冷たくされ、あまつさえセックスレスの屈辱を受けているのである。頭にきたから浮気してやる、という展開は充分に考えられる。

案の定、ツインルームでふたりきりになると、里美はきわどい話を口にした。

「男の三橋くんにはわからないと思うけど……」

ベッドに浅く腰かけた里美は、愁いを帯びた横顔で言った。哲彦は隣に座ることもできず、立ったまま話を聞いていた。

「女って、子供を産むとものすごくセックスがよくなるの。それはもう、異次元のめくるめく体験。さっき、子供を産んだあと夫と一回だけしたって言ったでしょう？そのときわたし、生まれて初めてセックスってすごいと思った。それまではなんとなく、男の人がしたがるから付き合ってる感じだったけど、中イキっていうの？繋がったままイッちゃって、それも三回くらい連続で……それまでわたし、クリでしかイケなかったのに、驚いちゃって……」

驚いたのは哲彦のほうだった。三十路の人妻になっているとはいえ、まさかかつてのマドンナの口から、「中イキ」だの「クリ」だのという言葉が飛びだすとは夢にも思っていなかった。

「でもね、さっきも言ったけど、夫はもうわたしに欲情しないみたいで……どうしたらいいと思う？」

もはや、皆まで言うなの世界だった。黙って押し倒せばいいような気がしたが、里美は続けてこう言った。

「浮気はね、ダメだと思うのよ」

意味がわからなかった。

「いくらエッチがしたくても、わたし、そこまで悪い女にはなれない。でも、やっぱりむらむらする。欲求不満のせいで食欲旺盛になって、最近三キロも太っちゃったの。このままだと大変なことに……ねえ、どうしたらいいと思う？」

里美は切実に悩んでいるようだったが、哲彦にできることは浮気の相手くらいだった。三キロ太ったという台詞に、股間が疼いた。是非とも増量を遂げたムチムチボディを拝ませていただきたいが……。

「三橋くん、『電マ』って知ってる？」

「はあ？」

哲彦はあんぐりと口を開いた。

「ネットの匿名《とくめい》質問箱で質問したら、みんな電マで解決すればいいって言うのよ。でもわたし、使ったことないし……」

電マとは電動マッサージ器の略である。もともと純粋な健康マッサージのために開発されたものだが、女性の性感帯を刺激するのに最適だと評判になったことから、いまでは大人のオモチャ扱いされている。

「やっ、やめたほうがいいんじゃないかなあ……」

哲彦は苦りきった顔で言った。オナニーするのはいいだろう。誰だってしている。女だからしないだなんて思わない。しかし、三十路になっても清純派の里美に、電マは似合わない気がした。

「あんなものは、観賞用のＡＶで使うものでさ。実際に使うのはちょっとやりすぎっていうか……アホみたいじゃないか、あんなもの股間にあてがって」

「アホですって？」

里美は声を震わせて立ちあがった。

「ねえ、三橋くん、わたしいま、すごく恥ずかしい思いして相談してるんだよ。真面目に悩んで、真剣に話してるのに……」

ツカツカと迫ってきた彼女の瞳に涙が浮かんでいたので、

「あっ、いや、申し訳ない……」

哲彦はあわてて謝った。たしかにアホは言いすぎだった。悪いことを言ったと反省したが……。

「買ってきて」

里美は驚くようなことを口にした。

「わたし、恥ずかしくて買えないし、ネットで買ったら明細を夫に見られるし、電マが欲しくても買えないの……だから買ってきて」

駄々をこねる少女のように迫られ、

「わっ、わかったよ……買ってくるよ……」

哲彦は泣き笑いのような顔で答えた。かつてのマドンナの浮気相手を務めようだなんて、とんでもない思いあがりだったらしい。自分には、せいぜいパシリがお似合いだという自虐的な気分で、近くのディスカウントショップまで走るしかなかった。


「じゃあ、俺はこれで帰るから……」

電マの入った袋を渡すと、哲彦はハンガーに掛けてあったコートを取り、袖を通した。

「卒業アルバム返すの、いつでもいいからさ。なんだったら、名簿に載ってる実家の住所に送ってくれてもいいし……」

あとはひとりでたっぷり電マプレイを楽しんでくれ、とは思ったが言わなかった。

デイユースで部屋をとったのは、そのために違いなかった。自分の存在はいったいなんだろうと、みじめでしかたがなかった。彼女に友達を紹介してもらう計画など、もはやどうでもよくなっていた。とにかく一刻も早くこの場から立ち去り、家に帰って布団にもぐりこみたい。

「待ってよ」

ドアノブに手を伸ばしたとき、里美が声をかけてきた。

「使い方、教えてくれないの？」

「はあ？」

哲彦は眉をひそめて振り返った。

「三橋くん、ＡＶとかよく観るんでしょ？　わたし、観たことないし……観たくもないから、電マの使い方、わかんない……」

スイッチ入れて股間にあてがえばいいだけだよ！　と怒鳴ってやりたかったが、相手はかつての憧れのマドンナ。怒鳴ることなんてできるわけがないし、これは一種の吉報かもしれなかった。

「使い方を教えるってことは、つまり……」

「違う！　違う！」

里美はあわてて首を横に振った。

「裸になんかならないわよ。服の上から……」

恥ずかしげに頬を赤らめたので、哲彦の心臓はにわかに早鐘を打ちだした。

（いいじゃないか、いいじゃないか……服の上からだって、彼女を電マ責めにできるのなら……）

先ほどまでのみじめな気分から一転して、思わず頬がだらしなく緩みそうになってしまう。電マなど使ったことはないが、里美の指摘通りＡＶはよく観ているのでなんとかなるだろう。

「本当に……教えてほしいのかい？」

コクリ、と里美はうなずいた。真剣な面持ちだった。冗談を言っているようには見えなかった。

「いや、まあ、俺だってね……元クラスメイトが困ってるなら、手を貸すのはやぶさかではないわけだけど……」

言いながら、いま着たばかりのコートを脱いでハンガーにかけた。ついでにスーツの上着も脱ぎ、ネクタイを緩めて腕まくりをする。

すると里美は、窓辺に走っていってカーテンを引いた。照明も消してベッドカバーを剝《は》がし、銀色のハイヒールを脱ぎ捨ててベッドの上にあお向けに横たわった。

5

(たまんねえ体してるな、しかし……)

薄暗くなった部屋の中で、哲彦は鼓動を激しく乱していた。

ベッドにあお向けになった里美は、眼をつぶって祈るような表情をしている。ブルーのドレスに包まれた乳房は上を向いて砲弾状に迫りだし、肉感的な太腿やふくろぎの様子もよくわかる。

哲彦はとりあえず、ディスカウントショップの袋から電マの箱を出した。サイズは各種取りそろっていたが、いちばん大きいのを選んだ。大は小を兼ねると思ったからだ。電源コードを延ばし、枕元のコンセントに差しこむ。スイッチを入れると重低音を出して振動しはじめ、里美がビクンとした。

「じゃあ、はじめるぞ……」

哲彦が言うと、里美は眼をつぶったままコクリとうなずいた。昔から腹の据わった女だったから、覚悟は決まっているようだった。

とはいえ、いきなり性感帯を責めるのも芸がないように思えたので、まずは電マのヘッドを肩にあてた。

「あっ……」

里美が小さく声をもらす。肩なので、いやらしい感じの声ではなかった。

「本当はこうやって使うために、開発されたものなんだぜ……」

哲彦は知ったかぶって言った。本当は電マを使うのなんて初めてだから、蘊蓄《うんちく》を語る資格などありはしないのに……。

「だからべつに、恥ずかしがることないのさ。マッサージのついでに、ちょっと気持ちよくなるだけだと思えば……」

双肩に代わるがわる電マのヘッドをあてがっていくと、里美の表情が次第に和《やわ》らいでいった。いい傾向だった。まずは振動に体を慣らすのだ。その電マは強弱のコントロールを何段階にも変えられるタイプで、マックスにするとドドドッとすさまじい振動が華奢《きやしや》な肩を揺らした。強すぎず弱すぎないところに調整しつつ、今度は腰にあてがっていく。

「くっ、くすぐったい」

里美が身をよじったので、哲彦は言った。

「うつ伏せになってくれよ。あお向けじゃ腰にあてられないから」

里美は体を反転させて、うつ伏せになった。胸のふくらみは見えなくなってしまったけれど、代わりにボリューミーなヒップの量感に眼を惹かれる。小柄なのに、やけに丸々としている。むしゃぶりつきたい衝動に駆られたが、

（ダッ、ダメだ……まずは普通のマッサージだ……）

哲彦はぐっとこらえて電マのヘッドを腰にあてた。ヒップが大きいせいで、ウエストがやけにくびれて見えた。三キロの増量をものともせず、女らしい体型は保っているようだった。男を奮い立たせる、ボンッ、キュッ、ボンッ、のムチムチボディだ。

「きっ、気持ちいい……」

息を吐きだしながら、里美は言った。

「わたし、すごい全身凝ってるのよ。子育てのせいで……」

「じゃあ、まあ、遠慮なくほぐされてくれよ……」

やさしげに言いつつも、哲彦はムラムラとこみあげてくるものを感じていた。可愛い顔をしていても、里美だって人妻。性感は開発されきっているはずである。おまけに、子供を産んで以来、欲望が高まったとみずから言っていた。やり方ひとつでは、ただのパシリではなく、彼女のほうからベッドインを求めてくるかもしれない。

いや……。

パシリ扱いされたリベンジに、絶対に求めさせてやる。

「電マって、本当に効くのね。気持ちがよすぎて、なんだか眠くなりそう……」

背中や腰をマッサージしていると、里美が言ったので、

「じゃあ、今度はこっちだ」

哲彦は電マのヘッドを腰から離し、足の裏にあてがった。

「あんっ！」

マッサージによるリラックス効果からか、里美があげた声はほのかに甘い媚《こ》びを含んでいた。

「くすぐったくないかい？」

「ううん、大丈夫……気持ちいい」

足の裏なので、哲彦は振動をマックスにした。ドドドドッという重い振動を、左右の足の裏に代わるがわる送りこんでいく。

(足の裏は効くんだよな……)

なにを隠そう、哲彦は足ツボマッサージ店によく行っている。二十分ほど刺激してもらうだけで、体がポカポカ温まる。あまつさえ、里美は酒を飲んでいるから、体が

火照りだし、性感が疼きだすに違いない。

だが、焦ってはならなかった。

ひとしきり足の裏に振動を送りこむと、再び強すぎず弱すぎずの振動に戻し、脚の裏側にヘッドを這わせていった。ふくらはぎから太腿の付け根にかけて、ゆっくりと……。

「んっ……んんんっ……」

電マが股間に近づいてくると、里美は小さく身をよじった。感じはじめていることはあきらかだった。やがて、電マのヘッドが太腿から離れても、もじもじと腰を揺すりたてるようになった。

（いやらしい太腿だな……女子高生のときからムチムチしてたけど、人妻になったいまは触り心地もさぞや……）

ミニ丈のドレスの裾からナチュラルカラーのストッキングに包まれた太腿が半分以上見えており、むしゃぶりつきたい衝動をこらえるのが大変だった。電マなどではなく、この手で揉みしだいてやりたいが、まだ時期尚早だ。里美は感じはじめているけれど、我は失っていない。

「四つん這いになってもらえる？」

平静を装って声をかけると、

「えっ……」

里美は伏せていた顔をあげて振り返った。猫のように大きな眼がトロンと蕩けて、双頰が生々しいピンク色に上気していた。酔っ払いチークを施したようないやらしすぎる表情に、哲彦は一瞬、言葉を継げずに見とれてしまった。この表情を思いだすだけで、これから何度でもオナニーができそうだ。

「よっ、四つん這いだよ」

気を取り直して言うと、

「そんなおっかなびっくり言わなくてもいいじゃない」

里美は苦笑した。

「わたしもう、一児の母なのよ。恥ずかしがり屋の女子高生じゃないの。パンツ見られるくらい、どうってことないんだから……」

自分に言い聞かせるように言いながら、おずおずと両脚を立てていく。言葉とは裏腹に、ひどく恥ずかしそうだが……。

(うおおおおおーっ！)

里美が尻を突きだすと、ナチュラルカラーのストッキングに透けたピンクベールのパンティが半分以上見えた。丸々としたヒップを包み、これ以上ない色香を放っている。

(たっ、たまらんっ……たまらんぞっ……)

哲彦は鼻息を荒げて、電マのヘッドをヒップにあてた。振動を送りこみつつ、ドレスの裾をめくりあげ、パンティをすっかり丸見えにしてしまう。真後ろにまわりこんでいけば、尻の双丘の間にこんもりともりあがった部分がある。

「あっ、脚を開いてっ……閉じてちゃ刺激できないからっ……」

「ううっ……」

里美は恥ずかしそうにうめきつつも、両脚を開いていった。内腿も股間も無防備にして、身構えた。

「ああーっ！」

振動するヘッドを内腿に這わせてやると、さすがに甲高い声があがった。里美の声はもともと可愛いが、あえぎ声になると二オクターブもあがり、生クリームに蜂蜜でもかけたように甘さもたっぷりだった。

哲彦は生唾を呑みこみながら、慎重に電マを操った。膝から太腿の付け根にかけて、触るか触らないかの微妙なタッチで、ヘッドを這わせていく。ストッキング越しとはいえ、振動が腿肉を波打たせている。

次第に、淫らな匂いが漂ってきた。湿り気を含んだ熱気とともに、甘酸っぱい発情のフェロモンがたしかに鼻腔をくすぐった。

「はっ、はぁうううううーっ！」

満を持して電マのヘッドを股間にあてがうと、里美は獣じみた悲鳴を放った。すべてを解放する合図のようだった。もはや羞じらうこともできず、尻を突きだして腰を動かしてきた。もっと刺激してと言わんばかりの反応を見せつつ、淫らな悲鳴を次々にあげる。

「はぁううーっ！　はぁううううーっ！」

顔が見えないせいで、哲彦には現実感がなかった。これがかつての憧れのマドンナの姿だとは、とても思えなかった。それでも、しきりに腰を動かすので、哲彦も電マを動かしてやった。割れ目からアヌスまで、なぞるようにヘッドを這わせた。いちばん反応がいいのは、もちろんクリトリスにあたったときだった。そのポジションでしばらくヘッドを固定していると、

「ダッ、ダメッ……ダメようっ……」

里美の体が――正確には突きだされた尻と太腿が、ぶるぶると震えだした。顔をあ

げ、髪をかきあげながら、発情の涙に濡れた眼を向けてきた。

「イッ、イッちゃっ……そんなにしたらイッちゃうっ……わたし、イッちゃうようううっ……」

哲彦は言葉を返せなかった。代わりに、電マのヘッドをぐりぐりと押しあてた。さらに振動をマックスにする。クリトリスどころか、子宮まで揺さぶるような激しい振動が、里美の股間に襲いかかっていく。

「はっ、はぁうううううーっ！」

四つん這いの腰が、ビクンッ、ビクンッ、と跳ねあがった。

「イッ、イッちゃうっ……もうイクッ……イクイクイクイクッ……はっ、はぁあああああーっ！」

長く尾を引く悲鳴をあげて、里美は果てた。イキきった瞬間、尻を引っこめてベッドにダイブした。電マのスイッチを切っても、ハアハアとはずむ里美の呼吸音が、うるさいくらいに部屋中に充満していた。

6

「ちょっとごめん……」

うつ伏せて呼吸を整えている里美を残し、哲彦はベッドから降りた。向かった先はトイレだった。扉を閉めるなりベルトをはずし、ズボンとブリーフをめくりさげた。勃起しきった男根が唸りをあげて反り返り、すかさずぎゅっと握りしめる。

「おおおっ……」

身をよじりたくなる快感に、だらしない声がもれた。ブリーフの中で窮屈な思いをしていたイチモツは、はちきれんばかりに硬くなって、ズキズキと熱い脈動を刻んでいた。

もう我慢できなかった。

普通なら、着衣のまま女を一度イカせたくらいでは、まだまだ余裕があり、さらに二度三度とオルガスムスに追いこんで、我を忘れさせることができただろう。

しかし、今回ばかりは相手が悪かった。

絶頂に達する寸前、伏せていた顔をあげてこちらを見たあの表情にやられてしまった。セクシー、エロティック、いやらしすぎる――どれほど言葉を費やしても足りないほど、男心を揺さぶられ、男根を硬くした。一度放出して冷静さを取り戻さなければ、里美と同じ空気を吸っていられなかった。

（ああっ、抱きたいっ……抱きたいけどっ……）

イチモツをしごきながら、結局自分は里美を押し倒すことはできないだろうと思った。人妻である以上浮気はできないと真顔で言う、彼女の清らかさが好きだった。欲求不満をなんとか解消するために電マを買ってきてほしいと頼んでくる、本気の奥手ぶりが愛おしかった。

彼女はおそらく、指でするオナニーだって、ロクに経験がないのだろう。ひとりで淫らな行為に耽《ふけ》るのが怖くて、哲彦を部屋に留まらせたに違いなかった。そんな健気でいじましい彼女を、どうして押し倒すことができるのだろう。

（一発抜けば大丈夫だ……一発抜けば……）

冷静になって、彼女の求めることをなんでもしてやればいい。里美はやはり、高校時代の憧れのマドンナ。初恋の人を超えている存在なのだから、たとえどれだけ欲望がこみあげてきても、穢《けが》してはいけないのだ。

そのときだった。

「なにしてるの？」

トイレの扉がいきなり開けられ、振り返ると里美が立っていた。あわてていたので、鍵などかけていなかったのだ。彼女はイッた後グロッキー状態だったので、すっかり油断していた。

（……嘘だろ？）

哲彦は勃起しきったイチモツを握りしめた情けない格好のまま、金縛りに遭ったように動けなくなった。あまりの衝撃に、一瞬心臓まで停まったかと思った。最悪である。思春期に母親に自慰を見つかるより、この展開は……。

「ちょっと来て」

「なっ、なにをっ……」

里美によって、哲彦はトイレから洗面所へと引っ張り出された。彼女が引っ張ってきたのは右腕だったが、哲彦は同じ手でイチモツを握りしめたままだった。なにかにすがりつくように男根をつかんでいる滑稽な自分の姿が、洗面所の鏡に映り、情けなくて泣きたくなった。

「隠れてコソコソやることないじゃない」

里美の冷ややかな眼が、哲彦の顔と股間を交互に見る。

「わたし、男の人が自分でするところ、見てみたかったの。どうせなら、目の前でやってみせてよ」

「なっ、なにを言ってるんだよ……」

　哲彦は完全に混乱していた。

「こっ、こんなこと、他人に見せるやつがいるもんか……」

「そう？　三橋くんだって、わたしに見られていたほうが興奮するるんじゃないかしら」

　上目遣いでじっとりと見つめられ、哲彦は身震いがとまらなくなった。里美は頭の悪い女ではなかった。自分がどれだけ価値の高い女なのか、よく知っている。性格がいいので、それを鼻にかけたりはしないが、いまばかりは例外的に小悪魔じみた言動をとっていた。

　彼女はこう言いたいのだ。わたしみたいに可愛い女に見られながらペニスをしごけば、絶対に興奮するわよ……。

（たっ、たしかにっ……そうかもしれないけれど……）

　女の前で自慰を披露するというのは、あまりにも恥ずかしい。ましてや彼女は、青春時代の憧れのマドンナ……。

その視線を意識すると、全裸の素肌がチリチリと焦げていくようだった。動けずに脂汗ばかりを流していると。

「遠慮しないで……」

里美は不意に、甘ったるいウィスパーボイスでささやいた。

「わたしだって三橋くんに、とっても恥ずかしいところ見られちゃったんだし」

「そっ、そっちは服を着たままじゃないか！」

哲彦は涙眼で言い返した。

「なっ、なのにこっちは……こっちはっ……恥ずかしすぎるから、もうしまっていいかい？」

膝までずりさがっていたズボンとブリーフを持ちあげようとすると、

「そっか、わかった」

里美は瞼を半分落とした妖《あや》しげな顔で言った。

「オナニーするならおかずが必要だって、三橋くんは言いたいわけね？」

そんなことはまるで言いたくなかったが、里美が両手を首の後ろにまわしたので、哲彦は息を呑んだ。女が首の後ろに両手をまわす——それはドレスのホックをはずし、ファスナーをさげるムーブに他ならなかった。

驚くべきことに、里美はブルーのドレスを脱いでしまった。ピンクベージュのブラジャーとパンティ、そしてナチュラルカラーのパンティストッキングだけになって、立ち尽くしたのである。

（マッ、マジか……）

ブラジャーは四分の三カップで、真っ白い乳肉がいまにもはみ出しそうになり、谷間がくっきりと浮かんでいた。パンストに透けているパンティはハイレグ気味に切れあがり、股間にぴっちりと食いこんでいる。

「浮気はできないけど、おかずになるくらいはできるんだから……わたしもう子持ちの人妻だから、恥ずかしくないし……」

言葉とは裏腹に里美はひどく恥ずかしそうだった。可愛い顔はすっかり赤くなっているし、ムチムチボディをもじもじとよじっている。

「うおおっ……おおおおおーっ！」

哲彦は声をあげてイチモツをしごきはじめた。もはや完全に自棄《やけ》になっていた。要するに里美は、自分ばかり電マでイカされて悔しいのだ。こちらにも恥をかいてほしいのだ。

ならば、恥をかくまでだった。人として排泄行為の次に恥ずかしい自慰行為を、里美の美しい黒い瞳に焼きつけてやろうと思った。いや、彼女が下着姿を披露したことで、衝動をこらえきることができなくなった。とにかく一度放出して冷静になりたいと……。

「……やだ」

里美が気まずげに顔をそむけた。噴きこぼれた先走り液が包皮の中に流れこみ、ニチャニチャと卑猥な音をたてはじめたからだった。恥ずかしかったが、かまっていられなかった。

恥ずかしいというのなら、自分で自分のものをしごいている姿が、洗面台の上の鏡に映っている事実のほうが、よほど恥ずかしい。猿のように顔を真っ赤にして自慰に耽っている男が、他ならぬ自分であることがつらすぎる。それでも歯を食いしばって、イチモツをしごき抜いていく。この地獄じみた羞恥プレイから脱出するには、とりあえず白濁液を噴射するしか道がないのだ。

「ねえ……」

里美が声をかけてきた。ひどくねっとりしたいやらしい声だったので、哲彦は思わずイチモツをしごくピッチをスローダウンさせた。

「わたしもなんだかむらむらしてきちゃった……一緒にしてもいい？」

「えっ？　ええっ？」

一緒に——オナニーをするということだろうか？　この状況では他に考えられないが、哲彦が驚いている暇もなく、里美はブラジャーのホックをはずした。カップをめくり、たわわに実った双乳を露わにした。裾野にたっぷりと量感がある巨乳だった。そのくせ、乳首のついている位置が高いから、ツンと上を向いて見える美乳でもある。

（なっ、なんでっ……）

自慰をするのに、なぜ乳房を露わにしなければならないのか謎すぎるが、興奮が謎など掻き消していく。巨乳にして美乳であるだけでなく、里美の乳首は清らかな薄ピンクだった。乳暈《にゅううん》のサイズも大きすぎず小さすぎず、裸になっても品がある。

「わたし……上から刺激していかないと……ダメだから……」

里美は恥ずかしそうに言いながら、左右の人差し指を立て、両の乳首をいじりはじめた。くりくりっ、くりくりっ、と転がしつつ、「あんっ……あんっ……」と小さく悶え声をもらし、くびれた腰を振りだした。

（なっ、なんだっ……なんなんだよっ……）

それはもはや哲彦のおかずのためではなく、本気の自慰だった。一瞬、こちらを挑発するためにわざとやっているのかと思ったが、そういうわけでもなさそうだ。どう見ても、真剣にやっている。

ひとつはっきりしたことは、里美はやはり、オナニーの経験が浅そうだということだった。

乳房から刺激していかないとダメだというのは、セックスをなぞっているからに違いない。男に愛撫されるやり方は知っていても、自分で自分を慰める必要のない人生を送ってきたのだろう。恥ずかしそうに自分の乳首をいじりまわしている里美を見て、そのことを確信する。

7

洗面所の狭い空間はカオスと化していた。

勃起したペニスを反り返している男と、乳房を出した女がいるのに、お互い触れあうことなく自慰に耽っているというのは、どう考えても異常事態だった。

(もっ、もう我慢できないよっ……)

哲彦は頭が爆発しそうになり、異常を正常に直さずにはいられなくなった。簡単な話だった。半裸で欲情している男と女は、オナニーを見せあうのではなく、抱きしめあうべきなのである。

「みっ、三国っ……」

衝動のままにむしゃぶりついていくと、

「いっ、いやっ！」

里美は驚いて押し返そうとした。

「ダッ、ダメよ、三橋くん……わたし、子持ちの人妻だから……浮気はできないから……夫を裏切れないから……」

言いつつも、その抵抗はあまりにも弱々しいものだった。おざなりとまでは言わないが、本気で嫌がられている気がしなかったので、哲彦はためらうことなくたわわに実った乳房を揉んだ。

「ああんっ……」

里美の口からこぼれた声は、ぞくぞくするほど色っぽかった。黒髪のショートボブに猫のように大きな眼――見た目の印象は女子高生時代とさして変わらなくても、彼女はやはり人妻なのだ。

（でかいじゃないか……でかいじゃないかよ……）

丸々と張りつめた白い乳房は、もぎたてのメロンのような新鮮さがあり、小柄なぶんだけよけいに量感があるように感じられた。

「あああーっ！」

先端の乳首をつまみあげると、里美は甲高い悲鳴をあげた。自分でいじらずにいられなかったほど、そこは敏感な性感帯らしい。哲彦は指に唾をつけて、くりくりと転がした。そうしつつ、爪を使ってくすぐってやると、里美は喉を突きだして悶えに悶えた。

いやらしい反応だった。馬乗りになって、ふたつの胸のふくらみと、思う存分戯れたかった。しかし、馬乗りになるためには、ベッドに行かなければならない。広い部屋に移動することで、里美が冷静さを取り戻す可能性もある。そのリスクを考えると、この場で押しきってしまったほうがよさそうだ。

それに……。

この洗面所には、鏡があった。エロティックなセックスを楽しむには、電マなど足元にも及ばない素敵な小道具である。ましてや里美のルックスは、アイドルあがりのママタレ級だ。彼女が乱れていく様子を鏡越しにもうかがえるなんて、これ以上の眼福があるだろうか。

「ねえ、三橋くん……ダメだから……これ以上はもう……ぅんんっ！」

うるさい口をキスで塞いだ。女はキスに弱いものだが、息がとまるほど舌を吸ってやると、里美の抵抗もやわらいだ。

「ぅんんっ……ぅんんっ……」

舌と舌をからめあわせるほどに、眼の下が赤く染まっていく。最初は一方的にしていたが、やがて彼女のほうからも舌をからめてきた。

ＯＫのサイン、と哲彦は受けとった。浮気はよくないという里美の言い分はよくわかる。そういう彼女であってほしいという思いが、哲彦にだってないわけではない。だが、お互いにオナニーを見せあうような馬鹿な真似をしているくらいなら、いっそ抱きあってしまったほうがいいではないか。

「んんんーっ！」

里美が眼を見開いたのは、哲彦の右手が下半身に這っていったからだった。ストッキングとパンティ、二枚の薄布に守られた彼女の秘部は、むんむんと淫らな熱気を放っていた。こんもりと小高い恥丘を撫であげると、里美は反射的に腰を引こうとしたが、ヒップが洗面台にあたって逃げられなかった。

「んんんっ……んんんんーっ！」

しつこくキスを続けながら、恥丘の上で指を動かす。ナイロンのざらついた感触が、

指腹に卑猥さを伝えてくる。さらに下を目指していくと、淫らな熱気がじっとりした

湿り気を孕んで指にからみついてきた。ざらついたナイロンの奥に、ぐにぐにと柔ら

かい肉を感じた。

　ストッキングのセンターシームをなぞるように、哲彦は指を這わせた。割れ目のあ

るあたりを、下から上に、下から上に……。

「ああっ……あああああっ……」

　里美はキスを続けていられなくなり、眼を泳がせた。その表情は戸惑いに満ちてい

たが、それだけではなかった。あきらかに感じていた。彼女は先ほど、電マで一度

イッている。この体には、とっくに火がついているのだ。

　もちろん、だからといって焦るのは禁物だった。感じてはいても、里美はまだ、我

を失ってはいない。哲彦は二枚の下着越しにじっくりと指を這わせながら、上体を屈

めて乳首を吸った。左右を代わるがわる口に含み、ねちっこく舐めまわしては、甘噛

みまでして刺激してやる。

「あああっ……はぁあああっ……」

　里美の呼吸がはずみ、両膝がガクガクと震えだした。

「たっ、立ってられないよっ……」

哀願の甘い声に、哲彦は彼女をお姫さま抱っこしてベッドに運んでいきたくなった。いまならそうしても大丈夫なような気がしたが、鏡の誘惑には勝てなかった。

「手をつくんだ」

里美の体を反転させ、洗面台に両手をつかせた。乱れた黒髪のショートボブと、生々しいピンク色に染まった可憐な顔のコントラストが、身震いを誘うほどいやらしい。

しかし、それをじっくり楽しむのはまだ先だった。まずは魅惑の丸尻を突きださせ、ストッキングとパンティを一気に膝までずりさげた。

「ああああっ……」

里美はもはや、抵抗の言葉を吐きもしなかった。剝き卵のようにつるつるのヒップを新鮮な空気にさらし、その奥から獣じみた匂いだけを漂わせている。哲彦はしゃがみこむと、尻の双丘を両手でつかんだ。見かけ倒しではなく、白磁のようになめらかな素肌も、丸みの強いフォルムも女らしさに充ち満ちて、ひと晩中でも頰ずりしていられそうだった。

（うっ、うおおおーっ！）

桃割れをぐいっと割りひろげると、哲彦の眼にまず飛びこんできたのは、桃色のアヌスだった。排泄器官までくすみがなく、可愛すぎるたたずまいなのに驚いてしまう。

むしろ、その奥に見える女の花のほうが遥かに卑猥だった。花びらのサイズは控え目で、縮れも少なかったが、蜜を浴びてヌラヌラと濡れ光るアーモンドピンクの色艶が、欲望の深さをまざまざと見せつけてくるようだ。

「見ないでっ！　見ないでっ！」

里美は恥ずかしげに尻を振ったが、見ないわけにはいかなかった。匂いを嗅ぎまわし、ねぶりまわさずにはいられなかった。桃割れに鼻面を突っこみ、舌を伸ばした。

「ああああーっ！」

ねろねろと花びらを舐めてやると、里美は甲高い悲鳴をあげた。その声は喜悦に歪み、羞恥に震えていた。鼓膜が蕩けそうないやらしい声に、哲彦の興奮はレッドゾーンを振りきっていく。

里美の尻はボリュームがあるし、そうでなくてもバッククンニはやりにくい。だが、哲彦は負けじと顔面で尻肉を押し、舌をねじこんで舐めまわす。新鮮な蜜が分泌されてくるのを感じながら、浅瀬にヌプヌプと舌先を差し入れる。

「ああああーっ！　はぁあああああーっ！」

里美が身をよじり、ガクガクと脚を震わせる。もはや完全に快楽に溺れているようで、手放しでよがり泣いている。

そろそろ頃合いだった。

哲彦は口のまわりの蜜を手の甲で拭いながら立ちあがった。勃起しきった男根を握りしめ、尻の桃割れの奥にある、濡れた花園に切っ先をあてがっていく。

「あっ……あっ……」

鏡越しに、里美がこちらを見つめてきた。濡れた瞳には、戸惑いや怯えや罪悪感が浮かんでいたが、眼の下はねっとりと紅潮し、欲情を隠しきれない。尻を振って挿入を拒むこともできないまま、息をつめて身構える。

哲彦はバックスタイルで女体に肉棒を挿入していった。

ずぶりっ、と亀頭が埋まった瞬間、里美の紅潮した顔は歪んだ。いやらしすぎる歪み方だった。かつてのマドンナはこんな表情で男を迎え入れるのか——哲彦は感嘆し、男根をひときわ硬くみなぎらせながら、ずぶずぶと奥に入っていった。鏡のある洗面所で行為を続けて、本当によかった。

「んんんっ……んんんっ……はぁあああああーっ！」

ずんっ、と最奥まで突きあげると、里美は顔をあげていられなくなった。両手で洗面台を押さえながら、華奢な双肩をわなわなと震わせた。

顔が見たかったが、焦ることはない。哲彦は結合感を嚙みしめるため、まずはゆっくりと男根を出し入れした。くびれた腰を撫でさすりつつ、ゆっくりと抜き、ゆっくりと入り直していく。

「あああっ……あああっ……」

それだけで里美はたまらないようで、全身を小刻みに震わせている。みずから腰をひねり、ヒップを押しつけてくる。

彼女の言葉を信じるなら、子供を産んでから夫には一回しか抱かれていないらしい。子供は二歳と言っていた。その前の妊娠期間中も考えれば、三年で一回しかセックスをしていない計算になる。

そこまでしていないと、もはや処女みたいなものではないか、と思った。もちろん、とんでもない間違いだった。

「あああっ……はぁあああっ……」

ずんっ、ずんっ、と抜き差しのピッチをあげていくほどに、里美の体は生気をみなぎらせていった。伏せていた顔をあげ、もっと突いてとねだるように、鏡越しに濡れた瞳を向けてくる。

人妻の顔をしていた。女の悦《よろこ》びを知り、それを謳歌することを求めている、獣の牝の……。

顔立ちが可愛らしいからわかりにくいが、彼女はたしかに、淫獣の本能を隠しもっているようだった。そういえば、里美自身が言っていた。経産婦になったことでセックスに開眼し、中イキができるようになったと。産後に経験したただ一度のセックスは、めくるめく快感の連続だったと……。

「むうっ！　むうっ！」

ならばぜひとも中イキしていただこうと、哲彦はストロークに熱をこめた。ずんっ、ずんっ、と深く突きあげては、腰をまわして中を掻き混ぜる。小柄な里美の蜜壺は狭く、それこそ処女を思わせる締まりだったが、内側の肉ひだは熱く濡れて、突けば突くほどからみついてくる。

パンパンッ、パンパンッ、と尻を鳴らして連打を打てば、

「ああっ、いやあああーっ！」

里美は髪を振り乱して、淫らな声を撒き散らした。深々と貫かれる快感に身をよじり、両脚を震わせて歓喜を伝えてくる。

突きあげるリズムに乗って、ふたつの胸のふくらみが揺れていた。それが鏡に映っていた。哲彦は両手を伸ばし、後ろから双乳を揉みしだいた。必然的に里美の上体は

起きて、鏡に裸身が映った。恥毛をまじまじと拝んだのはそのときが初めてだったが、やけにふっさりと茂っていた。顔に似合わない黒々とした草むらが、彼女の欲望の深さを象徴しているようだった。

「ああっ、いいいーっ！」

双乳を揉みしだきながら連打を放つと、里美は耳や首まで紅潮させてあえいだ。哲彦は腰を使いつつ、左右の乳首をつまみあげた。清らかな桃色をしていても、感度は最高だった。淫らに尖りきった突起を指の間で押しつぶせば、里美はひいひいと喉を絞ってよがり泣いた。

最高だった。

肉の悦びに溺れている実感がたしかにあった。

里美も同じようで、首をひねって振り返り、口づけを求めてきた。哲彦はそれに応えた。かつての憧れのマドンナと、唾液が糸を引くようなディープキスをしていることが信じられなかった。それも、立ちバックで左右の乳首をつまみながら……。タイムスリップして、高校時代の自分にこの状況を伝えても、きっと信じないだろう。

「ああっ、ダメッ……気持ちよすぎるっ！」

里美はキスを続けていられなくなり、再び両手を洗面台についた。つるつるした人工大理石を真珠のような爪で掻き毟《むし》りながら、哲彦の繰りだす連打を受けとめた。パンパンッ、パンパンッ、と尻を鳴らして突きあげるほどに、背中がほんのりと赤く染まってきた。そしてさらに、素肌に玉の汗が浮かんでくる。鏡を見れば、可愛い顔にも汗をかいていた。乱れたショートボブの黒髪が額や頬に張りついて、生々しい色香を放っている。

「ねえっ……ねえっ……」

鏡越しに、切羽つまった顔を向けてきた。

「イッ、イキそうっ……わたし、イッちゃいそうっ……」

そのとき見せた上目遣いは、すさまじい破壊力だった。哲彦は、彼女の中に埋めこんでいる男根が、倍にも膨張したような気がした。

「イッてもいい？　もうイッても……」

「ダッ、ダメだっ！」

哲彦は、自分の口から飛びだした言葉に自分で驚いた。そんなことを言うつもりはなかった。里美がイキたいならイケばいい。そう思っているのに……。

「こっちはまだだから、もう少し我慢するんだ」

「そんなっ……そんなああっ……」

いまにも泣きだしそうな顔をしている里美に、怒濤《どとう》の連打を送りこんでいく。パンパンッ、パンパンッ、と尻が鳴る。狭い洗面所だから、反響がすごい。鳴り響く打《ちょう》擲音《ちゃく》が熱狂を生む。

「ああっ、イキそうっ……もうイキそうっ……」

「ダメだっ！　我慢するんだっ！」

「もうイッちゃうっ……イッちゃうよおっ……」

「イクなっ！　イクんじゃないっ！」

「もうダメッ！　がっ、我慢できないいいいいいーっ！」

鏡越しにすがるような顔を向けてくると、里美の体は震えだした。その中心を、哲彦は突きあげる。突いて突いて突きまくる。

「イッ、イクッ……もうイッちゃうっ……イクイクイクイクッ……はっ、はぁおおおおおーっ！」

ビクンッ、ビクンッ、と腰を跳ねあげて、里美はオルガスムスに駆けあがっていった。小柄で肉づきのいいボディが、ぶるぶるっ、ぶるぶるっ、と震えている。絶頂に達しているのに、眼を閉じないのがいやらしい。ぎりぎりまで細めた眼で、鏡越しにこちらを見てくる。濡れた視線に魅了され、哲彦もまた眼を離すことができない。

「まっ、待ってっ……ちょっと待ってっ！」

イキきった里美が小休止を求めてきたが、哲彦は許さなかった。後ろ向きの女体が浮きあがるほどの連打を浴びせ、かつての憧れのマドンナを翻弄した。やがて射精に達するまで、渾身《こんしん》のストロークを送りこみつづけた。

第四章　もだえるＭ妻

1

ツイていない日というものは、本当にツイていないものだ。

その日の朝は、いつもの電車を間一髪で乗りすごし、一本遅れた電車に乗ったのがケチのつきはじめで、満員電車で足を踏まれるわ、痴漢と間違われておばさんに睨まれるわ、さんざん不愉快なことが起こったあと、駅から会社までにある三つの交差点のすべてで、赤信号に足止めされた。

（なんなんだよ、まったく……）

哲彦は深い溜息をついた。

どの交差点も大きな道路を渡らなければならないので、信号が長かった。溜息まじりにスマホを出し、もう何十回も読んだラインのメッセージに眼を落とす。そんなことをすればよけいに気が滅入ることがわかっていながら、繰り返し読むのをやめられない。

『三橋くんには本当に感謝してる。嘘じゃないよ……』

里美からのメッセージだ。

『あれ、とってもすごすぎてやみつきになっちゃった。アハ、あれさえあればもう、なんにもいらないって感じ。これからは、亭主元気で留守がいいで頑張ることにするわ』

きわどい言葉を避けているが、「あれ」というのは電マである。「なんにもいらない」というのは生身のセックスがなくても大丈夫という意味だ。

つまり里美は、電マでオナニーすることにやみつきになっているわけであり、これでセックスレスでも問題なしと豪語しているのである。可愛い顔をして、とんでもない女だと言っていい。

（なんで電マでオナニーかなあ。生身のセックスのほうがずっといいじゃないか……）

実のところ哲彦は、里美を再び抱ける機会があるのではないかと期待していたのである。それくらい、手応えがあった。

洗面所でのクライマックスにおいて、里美がオルガスムスをねだり、思わずダメだと叫んのは、いま振り返れば無意識の欲望のせいだった。生身の絶頂をより鮮やかに印象づければ、おかわりセックスにありつけるかもしれないと本能的に判断したのである。

たしかに浮気はいけないことだけれど、一度禁断を破ってしまったからには何度でも一緒だろう。せめてあと二、三回、身も心も蕩《とろ》けるようなひとときを過ごせると思っていたのに、電マのおかげでその夢は儚《はかな》く消えていった。

しかも、である。

里美に対する下心があるせいで、花嫁候補を紹介してほしいという話も、結局最後まで切りだせなかった。切りだせるわけがない。里美は喜んで紹介してくれたかもしれないが、そうすれば彼女とのベッドインは二度となくなってしまう。まだ見ぬ恋人より、かつての憧れのマドンナとの濃厚セックスを選んだのは間違っていないと思うが、電マのおかげでそれもパーだ。

とはいえ、電マのおかげで里美と棚ぼたセックスが楽しめた面もあるので、恨み言ばかりは言えなかった。電マという口実がなければ、里美が哲彦のような冴えない男とホテルの部屋でふたりきりになることなどなかっただろう。

悔しいけれど、ツイてなかったと自分を慰める他はない。


「……あれ？」

オフィスフロアに入っていくと、いつもと様子が違っていた。

哲彦の隣の席は空いているはずなのに、人が座っていた。女だった。黒髪をアップにまとめているので、白いうなじの後ろ姿が見えている。

「おっ、三橋くんっ！」

課長が手をあげて立ちあがった。

「彼女、急な異動で横浜支社から来た……」

女が立ちあがり、

「おはようございます」

と頭をさげた。

「横浜からまいりました松岡友梨奈《まつおかゆりな》です。よろしくお願いいたします」

銀縁メガネをかけた、クールな美女だった。年は哲彦より二、三歳上だろうか。黒いタイトスーツをエレガントに着こなし、いかにもできそうなキャリアレディである。

「松岡くんはずっと営業畑だったみたいでね」

課長が言った。

「経理の勝手はわからんだろうから、おまえ、面倒見てやれ」

「はあ……」

哲彦が曖昧にうなずくと、

「よろしくお願いします」

友梨奈はもう一度頭をさげた。営業部が長いだけあって、お辞儀の仕方が堂に入っていた。姿勢がよく、格好いいが……。

(ちょっと待てよ。この顔、どこかで見覚えが……)

まじまじと眺めていると、友梨奈も見つめ返してきて、視線と視線がぶつかった。どうやら、彼女も同じことを考えているようだった。三秒ほど、おかしな間があった。ほぼ同時に、ハッと眼を見開いた。

「あなた、あのときのっ……」

哲彦が言いかけたところで、友梨奈は唇の前に人差し指を立てた。それ以上言うなとサインだった。たしかに、朝のオフィスでする話ではなかったので、哲彦は言葉を呑みこんで席についた。

（こいつは……この女は……）

あのときの占い師だった。

隣の女に運命を感じると予言した、美貌の占い師である。

夜の路上では黒いベールを被っていたので、すぐには気がつかなかったが、間違いない。

（まさか、同じ会社の人間だったとはな……）

驚愕しつつも、哲彦は胸のざわめきを抑えきれなかった。

あの占い師になら、訊ねたいことが山ほどあった。もう一度夜の路上を探してまわろうと思っていたくらいだから、ここへ来ての偶然の再会はありがたいとしか言いようがない。

「今後ともよろしくお願いします」

哲彦は隣に座っている友梨奈にあらためて言ってから、意味ありげな笑みを浮かべた。あんたの正体は知っているぞ、とばかりに……。

「いえ、こちらこそ……」

友梨奈はわざとらしく肩をすくめ、哲彦の笑顔を軽くいなした。

2

友梨奈とじっくり話をする機会は、意外なほど早く訪れた。

翌日に課内で彼女の歓迎会が開かれ、その帰り道が一緒になったのだ。

友梨奈のほうもふたりきりになれるチャンスをうかがっていたようで、哲彦が二次会をパスして駅に向かうと、あとからひとりで追いかけてきた。

「どこかで飲み直しましょうよ」

友梨奈はクールに言い放った。

「早めに話がしたいと思ってたから、ちょうどよかった」

「いいんですか？　主役が抜けてきちゃって」

哲彦は苦笑した。

「大丈夫よ。一次会はきちんと全員にお酌してまわったし、礼は尽くしたつもり。あとはみなさん、好きにするでしょ」

「たしかに」

近くのバーに入り、カウンター席で肩を並べて座った。やけに照明が暗く、秘密めいた雰囲気が密談にぴったりな店だった。

「占いの仕事、毎日やってるんですか？」

シングルモルトをチビリと舐めてから、哲彦は訊ねた。

「お金に困るとね」

友梨奈はモヒートのグラスを片手に笑った。

「占いって現金収入だから、助かるの。会社のお給料に文句があるわけじゃないけど、わたしちょっと浪費癖があってね。でも……」

「わかってますよ」

皆まで言うなとばかりに、哲彦は遮った。

「会社は副業やアルバイトを禁止してるから、口外しないでくれって言いたいんでしょ」

「ご名答」

眼を見合わせて笑う。

企業が社員に副業やアルバイトを禁止することに法的な正当性があるかどうかは、微妙なところではある。出るところに出て争い、企業側が負けたケースもないわけではない。

しかし、やはり会社組織としては歓迎できないという本音があり、いきなり解雇にならなくても、閑職に追いこまれる可能性は高い。

最近、キャバクラで働いていたことがバレた一般職の女子社員がいた。営業部の華という呼び声も高く、エース級の男性社員たちが争奪戦を繰りひろげていたのだが、いまや庶務課で退職間近なおじさんたちに囲まれ、社内の同情を集めている。友梨奈は総合職採用のようなので、もし副業がバレた場合、左遷のダメージは一般職より深刻だろう。

「僕は口がかたいほうだから、その点は安心してください」

哲彦は自分のグラスを友梨奈のグラスにあてた。

「その代わり……ってわけじゃないですけど、あのときの話の続きを少しさせてもらってもいいですかね？」

「どうぞ」

友梨奈は笑顔でうなずいた。

「でも怖いな。もしかして、まるで当たらなかったのかしら？」

「それが微妙なところなんですよ……」

哲彦は眼だけを動かしてあたりを見渡した。カウンター席には他に誰も座っておらず、客は後ろのテーブル席に中年のカップルがいるだけだった。白髪のマスターはカウンターの中の少し離れたところで椅子に腰かけ、老眼鏡をかけて競馬新聞に夢中である。聞き耳を立てられる心配はなさそうだ。

「松岡さんに占ってもらってから、信じられないような棚ぼたを経験しましてね。それも、三度続けて『隣の女』……見てわかると思いますけど、僕はそれほど女運がいいほうじゃない。こんなことは生まれて初めてなんですよ」

「よかった」

友梨奈は安堵の胸を撫で下ろした。

「つまり、お役目は果たせたわけね」

「いやいや、待ってください。そう簡単な話じゃないんです。その三人は揃いも揃って人妻だったんですから……覚えてますか？　僕が探してるのは花嫁候補であって、一夜限りの遊び相手でもセフレでもないんですよ」

「三人とも……人妻……」

友梨奈は眼を泳がせた。

「相手は欲求不満？」

「まあ、そうです」

「人妻のほうがエッチはよかったでしょ？」

「いや、まあ……そうですけど……」

「じゃあよかったじゃない」

友梨奈がシレッと言ったので、

「僕の話、ちゃんと聞いてますか？」

哲彦は泣き笑いのような顔になった。

「そりゃあね、『隣の女』と熱いひとときは過ごしましたよ。めくるめく体験をしちゃいましたよ。でも、僕が探してるのは人妻じゃなくて、健全交際できる独身の女子なんです。結婚を考えられるような……」

「はあ？」

「やめたほうがいいわよ、結婚なんて」

「結婚なんかしたってしようがないって言ってるの。あんなもの窮屈なだけの旧態依然とした制度。一生独身のほうがずっといいわよ」

「……酔ってます？」

「お酒は酔うために飲むものでしょう」

友梨奈は手をあげてマスターを呼び、モヒートのおかわりを注文した。

「まあ、酔ってるって言っても、この前のあなたには負けるけど」

「あっ、いや、すみません……」

マスターがモヒートのおかわりを運んできたので、友梨奈はそれを飲んだ。銀縁メガネをかけたクールな美貌はオフィスで見るときと同様に冴えて、酔っているようには見えなかった。

「松岡さんって、結婚してるんですか？」

「してる」

歌うように答えた彼女の左手の薬指には、リングが光っていなかった。哲彦の視線がそこに向いていることに気づき、

「そういうの、苦手だからしてないの」

白魚《しらうお》のように美しい左手をひらひらと振った。

「ちなみに……ご主人はどういう……」

「見せてあげましょうか？」

「はっ？」

「口で説明するより、見せたほうが早いから」

友梨奈はバッグからスマホを取りだし、画像を見せてきた。カップルのツーショッ

トだ。女は友梨奈だった。煌《きら》びやかな夜景を背景に、肩や胸元を露出したラメ入りのドレスを着て、満面の笑みを浮かべている。

そのはしゃぎすぎた格好も、それはそれで衝撃的だったが、彼女の隣にいる男を見るや、のけぞりそうになった。

（……はっ、白人かよっ！）

ブラッド・ピットによく似た金髪の白人男性が、友梨奈の肩を抱いて白い歯を見せていた。

「……冗談でしょ？」

「本当よ。正真正銘、これがわたしの夫」

友梨奈は言い、苦笑まじりに深い溜息をついた。

「この通りのイケメンだから、コロッと好きになって結婚しちゃったけど……」

言葉を切り、モヒートを飲む。クールな美貌を苦々しく歪め、次の言葉を探している。

「やっぱり、外国の人が相手だとコミュニケーションが難しいですか？　言葉も問題もあるだろうし」

「ううん、言葉は問題ないの。こっちで英語教師をしている人だから日本語ペラペラだし、わたしだって英語は多少しゃべれるし……」

「じゃあ、習慣とか……」

「はっきり言っていい？」

真っ直ぐに眼を見て訊ねられ、

「どっ、どうぞ……」

哲彦は息を呑んでうなずいた。

すると友梨奈は、唇を耳に寄せてささやいた。

「セックスが合わないの？」

「はあっ？」

「最初はね、よかったのよ。行為が始まる前のムードづくりがうまいわけ。日本人の男性って、そういうの苦手でしょ？　眼を見て好きだって言うとか、しつこいくらいに褒め言葉を並べるとか……」

「……そうですね」

「それを照れずに真顔でできるわけ。照明とかシーツの感触とか、寝室の造りにもこだわりがあってね。男のくせにアロマとか焚《た》くし……でも……」

「でも？」

「行為そのものが、なんというか……」

友梨奈はもう一度、哲彦の耳に唇を寄せてきた。

「ワビサビがなくて一本調子なの。あそこが大きいのはいいんだけど、ただ入れたり出したりされるだけじゃねえ……なんだろう？　痒いところに手が届かないっていうのかなあ……」

赤裸々な告白に哲彦は絶句し、友梨奈も言ってから恥ずかしくなったようだった。照明の暗い秘密めいたバーのカウンターで、肩を並べておかしな雰囲気になってしまった。

3

気がつけば、哲彦と友梨奈はラブホテルの部屋にいた。

バーを出てもお互いに駅を目指さず、繁華街の裏道をふらふらと歩いていた。言葉もないまま、ふたりともなにかを探していた。ラブホテルの看板を見つけると、どちらからともなく入っていった。

(まったく、なにやってるんだろうな……)

哲彦はコートを脱いでソファに腰をおろすと、自分に愛想が尽きそうになった。友梨奈の赤裸々な告白を聞き、興奮してしまったのは事実だった。『隣の女……』という彼女の言葉が耳底に蘇《よみがえ》ってもきたけれど、またもや相手は人妻である。

(だいたい、ワビサビのあるセックスってなんなんだ?)

ラブホテルには入ったものの、冷静に考えれば考えるほど、友梨奈の期待に応えられる自信がなくなっていった。一方の友梨奈はすっかりその気のようで、ソファにも座らずそわそわしている。

もしかすると……。

彼女は副業の件を気にしていて、口止め料の代わりに体を差しだすつもりなのかもしれない。見くびってもらっては困る、と思った。セックスなどしなくても、告げ口をするつもりなどこれっぽっちもないのだ。そんなことより彼女に訊きたいのは、花嫁候補と出会うための開運方法なのだが……。

「ねえ……」

ようやく友梨奈が隣の腰をおろした。

「面白いもの、見せてあげましょうか?」

手にスマホを持っている。

「……なんですか？」

「……ハメ撮り」

友梨奈は真顔で言った。

「わたしとダンナがエッチしてるところ、見たくない？」

「いっ、いやあ……」

哲彦は苦笑するしかなかった。友梨奈がブラッド・ピットに抱かれているシーンが一瞬にして脳裏に浮かんだが、そんなもの見たくない。白人の巨根に圧倒されて、ますます自信がなくなってしまいそうだ。

「見たほうがいいわよ。見ればわたしの言っている意味がわかるから」

「……恥ずかしくないんですか？」

「恥ずかしいわよ！」

キッ、と眼を吊りあげて睨まれた。銀縁眼鏡をかけたクールな美女は、怒った顔をすると怖かった。

「あなたの意見が聞きたいから、恥を忍んで言ってるの。断っておきますけど、わたしはそういう趣味がある変態性欲者じゃありません。いままで誰にも見せたことなんかないし」

「……どうして？」

哲彦は友梨奈の顔色をうかがいながら言った。

「誰にも見せたことがないのに、どうして僕に？」

「それは……」

銀縁メガネの下で、友梨奈の頰が赤く染まる。

「あなたもプライヴェートなことといろいろ話してくれたからよ。酔っ払ってたから覚えてないかもしれないけど、かなり赤裸々に語ってたわよ。逃げられた彼女は体の相性がばっちりで、毎晩でも抱けるほど具合がよかったとか……」

「いっ、いや、その……」

さすがにしどろもどろになってしまう。一期一会の占い師だと思っていたから、思ったことをすべて……いや、かなり話を盛ってしゃべってしまったのだ。

「見てくれるわよね？」

「……わかりましたよ」

哲彦が渋々応じると、友梨奈はスマホで動画を探しはじめた。

（なんなんだよ、この展開は……）

鼓動が乱れ、息が苦しくなっていくのを感じながら、哲彦は待った。スマホの画面に、肉色のなにかが映ってドキリとする。友梨奈はまだ探している。そんなにいろいろ動画があるのだろうか……。

「……ちょっ、ちょっと待ってて っ！」

緊張に耐えきれず、友梨奈が動画を再生するのをとめた。

「ちなみにですが……ハメ撮りをしようと言ったのは……」

「もちろん夫よ」

友梨奈はきっぱりと答えた。

「でも、わたしは反対しなかった。撮影してみれば、自分のセックスの拙さに気づいてくれると思ったから……期待は裏切られましたけどね」

「……そうですか」

哲彦がうなずくと、友梨奈は今度こそ動画を再生させた。映ったのは、一面の肉色……しばらくしてズームアウトされると、それがヒップであることがわかった。逆ハート形をした、豊満なヒップだった。友梨奈はてっきり痩せ形だと思っていたので、そのボリュームに息を呑まずにいられない。

（これが彼女の尻か……エロいじゃないか……エロいじゃないかよ……）

むらむらとこみあげてくるものを感じ、哲彦は勃起しそうになったが、すぐに冷や水をかけられた。

ペニスが映ったからである。白人のペニスだ。

それは予想を超えたサイズで、少女の腕くらいはありそうだった。しかし、それほど迫力を感じないのは柔らかそうだからだろうか。反り返ることなく先端が下を向いていたし、画面の外から出てきた男の手がつかむと、ふにゃっという音が聞こえてきそうだった。

横眼で友梨奈の様子をうかがった。

銀縁メガネの下の美貌を紅潮させ、眼を泳がせている。自分の夫のペニスをさらしものにしているのだから、さすがに気まずく、恥ずかしいのだろう。体位がバックだから、顔が映っていないのがせめてもの救いか。

「後ろからしようって言ったのは夫なの……」

黙っているとよけい恥ずかしいと言わんばかりに、友梨奈は上ずった声で言葉を継いだ。

「素人が正常位でハメ撮りすると、女が綺麗に撮れないんですって。角度の関係もあるし、あお向けだとお肉がいろいろ流れちゃって格好悪いし……」

なるほど、それは正鵠《せいこく》を得た意見かもしれない。ＡＶを観ていても、正常位が綺麗に映っているAV女優は少ない。それにしても、友梨奈の夫はどうしてそんなことに詳しいのだろう。ハリウッドスターみたいな顔をして、ハメ撮りマニアなのか……。

『んんんーっ！』

スマホから、くぐもった声が響いた。ついに挿入が開始されたのである。哲彦には、隣にいる友梨奈の心の悲鳴も聞こえた気がした。ペニスのサイズが大きいせいだろう、白の桃割れが無残にひろげられ、セピア色のアヌスまで画面にばっちり映っていた。

すぐにピストン運動が始まった。

（しかし、なんなんだ……）

ハメ撮りといっても、逆ハート形のヒップとくびれた腰、そして巨大なふにゃちんが出し入れされているだけの映像は、いやらしいのかそうでないのか、よくわからなかった。モザイク抜きのペニス映像はたしかに生々しいけれど、男も女も顔が見えなくては、なにがなんだかわからない。

「これが延々続くわけよ！」

友梨奈が憤怒を滲ませた声で言った。

「ちなみに、前戯はほとんどなし。甘い声で好きとか愛してるとかは言ってくれるけど、ちょっとおっぱいを揉んで、下を指でいじったら、フェラをさせられてね。そのくせクンニはなしなんだから、失礼しちゃう」

哲彦は言葉を返せなかった。スマホからは、パン、パンッ、パン、パンッ、とリズミカルな音が聞こえてくるけれど、強弱のない一本調子なので、次第に獣の交尾を眺めているような気がしてきた。

単調だった。

こんな動画を撮影して、当のご主人はどう思っているのだろうか？　見返して興奮するのか？　あるいは友梨奈の言うように、ジャパンメイドのAVとの落差に愕然とし、少しは性技を磨く気になったのだろうか？

いずれにせよ、これ以上動画を観ていてもしかたがない気がした。

もういいです、と言おうとしたときだった。

画面が急にズームアウトされ、いままで映っていないものが映った。椅子の上で尻を突きだした格好をしている友梨奈の正面は、窓だった。外は夜の漆黒だったから、鏡のように顔が映った。

銀縁メガネをはずしていた。眼をつぶり、眉根を寄せて、唇を半開きにしたあえぎ顔は、一秒で勃起してしまったほどいやらしかったが、それ以上に衝撃を受けたのがあえぎ声だった。

『おうっ、おうっ』

という低い声で、友梨奈はあえいでいた。息を吸いながらあえぐので、まるで白人のようだった。相手に合わせているのだろう。哲彦はその感じがあまり好きになれず、洋物のＡＶはほとんど観ない。しかし、いまスマホの中で悶えているのは、どこからどう見ても日本人――それも、純和風な顔立ちをした知的な美女なのだから、興奮せずにはいられなかった。

『おうっ、おうっ』

画面の中の友梨奈は低い声であえぎながら、薄眼を開けて窓ガラスを見た。焦点の合わない濡れた瞳で、必死に夫と見つめあおうとしている。

「アイムカミングとか言うんですか？」

思わず訊ねてしまうと、

「言ったら悪いわけ？」

ジロリと睨まれた。

「いや、べつに悪いなんて……」

哲彦はあわてて首を横に振った。

『おおうっ……おおうっ……おおううーっ！』

スマホの中の友梨奈は、昂《たか》ぶっていくばかりだった。やり方に文句はつけていても、これほどぶっといペニスを出し入れされていれば、感じてしまうのだろう。やがて、窓ガラスに映った彼女は親指を噛みながら、ねだるような眼をこちらに向けた。瞳を潤ませ、小鼻を赤くして、いまにもオルガスムスに駆けあがっていきそうな表情をして……。

「はい、ここまで」

友梨奈は非情にも動画をとめ、スマホの電源を落とした。

4

急に静かになった部屋で、哲彦と友梨奈は見つめあった。

「……いいのよ、遠慮しなくて」

友梨奈が甘い声でささやき、肩に手を載せてくる。

「わたし、きのうから疼きっぱなしだから……」

「どっ、どうして？」

「だって、わたしが占ったのよ。隣の女にチャンスがあるって……」

つまり、オフィスで隣同士になった瞬間から、こういう展開を予想していたわけか。

「そっ、それじゃあ遠慮なく……」

哲彦は友梨奈を抱き寄せた。俺が求めているのは人妻との爛《ただ》れたセックスじゃなくて、花嫁候補なんだよ！　ともうひとりの自分が絶叫していたが、もはやそんなことはどうでもよくなっていた。

親指を噛みながら、濡れた瞳でオルガスムスをねだっていた友梨奈の表情に、やられてしまった。メガネ美人はメガネを取ってもやはり美人で、しかも素顔であれば表情の変化がより豊かだった。銀縁メガネをかけている普段のクールな表情からは想像もできないくらい、そそる顔でよがっていた。

（いいのかよ？　同僚と不倫なんかしちゃって。しかも、会社じゃ隣の席なんだぞ……）

オフィス内での不倫は、副業よりもさらに悪――不安に胸が震えたが、こみあげてくる欲望の前に理性的な判断をすることなど無理だった。不倫といっても、ドロドロの愛欲劇になどなりはしない。友梨奈はただ、欲求不満なだけだった。白人のイケメン夫と別れるつもりなどあるわけないのに、たまには日本人とワビサビのあるセックスがしたいだけなのだ。

「……ぅんんっ！」

唇を重ねた。友梨奈は積極的に自分から舌をからめてきた。みるみるうちに息もできないような濃厚なキスになり、唾液がお互いの口を行き来した。

それにしても……。

（ワビサビのあるセックスって、いったいなんだ……）

キスをしつつも、哲彦は内心で首をかしげていた。

友梨奈の夫のやり方が単調なのはわかるけれど、それではどうすれば彼女を満足させられるのか、答えは曖昧模糊《あいまいもこ》として確信がもてない。ただ欲望をぶつけあうのではない、非日常的なサプライズが必要な気がする。

「……あのう」

哲彦はキスを中断し、友梨奈の顔をのぞきこんだ。

「目隠ししてもいいですか？」

「えっ……」

銀縁メガネの奥で、友梨奈の眼が泳ぐ。

「目隠しをして愛撫されると、すごい刺激的みたいですよ」

哲彦には目隠しプレイの経験がなかった。しかし、友梨奈のようなタイプには、それが嵌《は》まりそうな気がした。相手は、夫とのハメ撮り動画を見せてくるほど奔放な女なのだ。普通にやっていても、失望されるだけだろう。

「べつに……いいけど……」

友梨奈がうなずいたので、哲彦は彼女の顔に両手を伸ばしていった。銀縁メガネをそっと取ると、美しい素顔にうっかり見とれてしまった。近視眼の特徴なのか、焦点が合っていない眼つきがセクシーだ。おまけに、ディープなキスで黒い瞳が潤んでいる。

この顔を隠してしまうのはもったいない、とも思ったが、とりあえずネクタイをといて眼の上に巻きつけた。黒髪をアップにまとめている友梨奈には、目隠しがよく似合った。

「……どんな気分ですか？」

哲彦は立っている友梨奈のまわりをゆっくりとまわりはじめた。

「少し怖い……かな」

友梨奈の声は気丈だった。

「でも、こういうの新鮮で、刺激的よ」

やっぱり、と哲彦は内心でつぶやいた。友梨奈はただの欲求不満ではなく、好奇心旺盛なタイプなのだ。

　哲彦は彼女を前後左右から眺めながら、息苦しいほど興奮していった。黒いタイトスーツに包まれた体は一見、すらりとして見える。しかしよくよく見てみれば、胸のふくらみはしっかりとあるし、ヒップのボリュームもかなりのものだ。先ほど動画で見た、逆ハート形の尻が脳裏をよぎっていく。着痩せするタイプなのかもしれない。

（さて、どうしたものか……）

　どこから責めるか迷ったすえに、いきなりスカートをめくりあげた。

「いやっ！」

　友梨奈は反射的に戻そうとしたが、すでにスカートはめくられたあとだった。

「持っててください」

　哲彦はスカートがずりさがらないように、裾を彼女自身に持たせた。友梨奈は羞恥にわなわなと震えながら、しかたなさげに命令に従う。

　極薄のストッキングに透けたパンティは、燃えるようなワインレッドだった。黒いタイトスーツとのコントラストが鮮やかである。おまけに、パンティはハイレグＴバック。股間にぴっちりと食いこんで、人妻の色香を匂いたたせている。

　哲彦はしばらくの間、手を出さないで眼福を楽しんだ。早くも目隠しの効果が発揮され、友梨奈はパンティをさらけ出したまま、羞恥に身をよじりだした。哲彦がなにもしなくても、視線を感じているのだ。体中を舐めるように這いまわっている、熱い視線を……。

「脚を開いてください」

耳元でささやくと、ビクンとした。怯えたように身をすくめて、足の幅をじりじりとひろげていったが、

「そうじゃない」

哲彦はダメを出した。

「気をつけをしたまま腰を落として……そうそう、パンストを穿くときに、最後にぐっと引っ張りあげるでしょう？　あのときの格好です」

「えっ？　ええっ？」

友梨奈はためらいつつも、哲彦の言葉に従った。踵《かかと》をつけた状態で、両脚を縦長のダイヤ形に開いていった。両手でスカートの裾をつまんだまま……。

「ククク、なんてエロい格好だ……」

思わず口走ってしまったが、友梨奈は脚を閉じなかった。羞《は》じらいに身をよじりながらも、この状況に興奮しているようだった。

ならば、ご褒美をあげなければならないだろう。

「んんんっ！」

股間をすうっと撫であげると、友梨奈は反射的に脚を閉じた。しかしすぐに、元に戻す。哲彦の右手の中指は、すうっ、すうっ、と股間を撫でる。触るか触らないかのフェザータッチで……。

「んんんっ……あああっ……」

友梨奈の呼吸がはずみだす。指の動きに合わせて腰をくねらせ、ダイヤ形に開いた両脚をガクガクと震わせる。

いい眺めだった。それに、ごく微弱なフェザータッチなのに、股間を撫でている指にはねっとりと湿り気を孕《はら》んだ熱気がからみつき、女体の発情を伝えてくる。もっと痛烈な刺激を与えてやってもよかったが、せっかく目隠しをしているのだから、それを効果的に使ったほうがいい。

友梨奈の後ろにまわって、腰のホックをはずし、ファスナーをさげる。スカートを脱がせてしまうと、今度は前にまわって、ストッキングとパンティを一緒にずりさげた。

「いやあっ！」

友梨奈は悲鳴をあげて両手で股間を隠したが、その前に哲彦は見てしまった。恥毛がいっさい生えていない、白い恥丘を……。

「つるマンじゃないですか……」

興奮に声が上ずった。いま流行のパイパンである。そう言えば、外国人は男女問わずパイパンが多いらしい。メジャーリーグに行った日本の野球選手が、チン毛ぼうぼうの股間をチームメイトに笑われたという話も聞いたことがある。

「ダンナさんの好みですか？」

耳元でささやくと、友梨奈は目隠しをしていてもはっきりとわかるほど、顔を赤く染めていった。

「マン毛を生やしていると不潔っぽいから、つるマンにしろって……」

「つるマンって言わないで」

「いいから早く見せてくださいよ」

股間を隠した両手をどかそうとしたが、友梨奈は抵抗し、なかなか見せようとしなかった。ならば、と哲彦は先ほど脱がせたストッキングを拾いあげると、手早く友梨奈を後ろ手に縛りあげた。

「なっ、なにをするのっ？」

焦った友梨奈は足踏みをしながら抗議してきたが、恥ずかしい部分を隠すことはもうできない。黒い草むらのない股間は白く輝き、割れ目の上端がチラリと見えていて、エロティックすぎる。

（すげえっ……すげえっ……）

この世にこれほどいやらしい光景があるだろうかと、哲彦は興奮の身震いに体中を震わせた。

5

「もっとよく見せてくださいよ……」

哲彦は友梨奈をベッドに押し倒し、両脚をM字に割りひろげていった。

「あああっ、いやっ！　見ないでっ！　見ないでっ！」

友梨奈は細首をうねうねと振りたてたが、本気で嫌がっているわけではない。後ろ手に拘束《こうそく》されたことで、むしろ遠慮なく「嫌がる演技」ができている——そんな気がした。

先ほどから薄々勘づいていたが、つまり彼女には、マゾヒスティックな性癖があるのだ。本当に拘束が不服なら、もっと別の抵抗の仕方があるはずだ。彼女の抵抗は子供じみていて、ゆえに色香が滲みすぎていた。

「見ないわけにはいきませんねえ……」

ぐいっと両脚をひろげると、

「あああああーっ！」

友梨奈はひときわせつなげな声をあげ、宙に浮いた足をジタバタさせた。どう見ても、「辱められているわたし」に興奮しているようだった。

（うっ、うわあっ……）

毛のない股間をのぞきこんだ哲彦は、まばたきも呼吸もできなくなった。剝きだしになった女の花は、銀縁メガネとタイトスーツがよく似合う知的な美女にはそぐわないくらい、儚げなたたずまいをしていた。

まるで少女の股間——そう言ってしまってもいいだろう。アーモンドピンクの花びらが薄くて小さい。ぴったりと閉じている縦一本筋が、いまにもほつれて中身が見えてしまいそうである。

エステなどで本格的な処理をしたのだろう、剃《そ》り跡はまったく見当たらなかった。つるつるの素肌が清潔感に満ちているから、少女じみた印象をより強めているのかもしれなかった。はっきり言って、驚くほど綺麗な女性器だったが、彼女がマゾであるなら、美しさを褒めたところで興奮してはくれないだろう。

「グロいマンコですね」

呆れたような声で言った。

「こんな汚らしいオマンコ、見たことないですよ。白人のデカチンに突きまくられてるからですか？」

「うっ、うるさいっ……」

友梨奈は屈辱に震え、唇を嚙みしめた。

「そういう言い方、傷つくわよ……女を傷つけるのよ……」

「怒ったふりしたって、ダメですよ。グロマンはグロマンだ。いやだなあ、こんなオマンコ舐めるのは……」

言いつつも、少女じみた清らかな花に、哲彦は見とれている。綺麗すぎて食欲すらそそりそうなその部分に、舌を伸ばしていく。

「あううっ！」

ねろり、と縦筋を舐めあげてやると、友梨奈は腰を跳ねあげた。屈辱的な言葉に対する抗議のつもりか、激しく身をよじり、脚を閉じようとするが、もちろん無駄な抵抗だった。哲彦は両膝をがっちりつかんで、逆にぐいぐいと両脚をひろげていく。ひっくり返った蛙のような恥ずかしい姿に押さえこみ、ねろり、ねろり、と舌を這わせる。

「ああっ……あああああっ……」

抵抗に身をよじっていたはずなのに、友梨奈の動きはみるみる淫らがましくなっていった。舌の刺激を嚙みしめるように腰をくねらせ、もっと舐めてとばかりに股間を出張らせてくる。

「さっき言ってましたけど、ご主人はクンニをしてくれないんでしょ？　こんなグロマン、舐めたがる男なんていませんよ。見た目が悪いだけじゃなくて、匂いもきつすぎる……」

「うっ、うるさいっ！　うるさいいいいーっ！」

真っ赤になって叫びつつも、舌の刺激からは逃れられない。これほど美麗で芳《かぐわ》しい部分を舐めないなんて、彼女の夫は男の風上にも置けないと思った。真綿で首を絞めるようにじわじわ責めるつもりだったのに、哲彦はいつの間にか夢中になって舐めまわしていた。

薄くて小さな花びらを交互に口に含んでしゃぶりまわせば、つやつやと濡れ光る薄桃色の粘膜が恥ずかしげに顔をのぞかせた。たっぷりと蜜をしたたらせ、ひくひくと色づいている。

見た目は美しくても、これはたしかに人妻の花だった。抵抗の素振りを見せたところで、発情を隠しきれない。舌を這わせるほどに、熱湯のような蜜をあとからあとからこんこんと漏らし、哲彦の口のまわりをびしょ濡れにしていく。

じゅるっ、と音をたてて啜《すす》りあげてやると、

「いやあああーっ！」

友梨奈はのけぞって悲鳴をあげた。

「いやじゃなくて、ありがとうございますでしょ。こんなグロマン舐めてあげてるんだから、感謝してください」

じゅるっ、じゅるるっ、と蜜を啜っては、嚥下《えんげ》した。口の中から腹の中まで、獣じみた匂いが充満していった。そのことが、哲彦を奮い立たせた。蜜を啜って嚥下すればするほど、牡の本能が覚醒していく感じだった。

「舐めますよ……いよいよ肝心なところを舐めちゃいますよ……」

言いながら、クリトリスの包皮を剝いては被せ、被せては剝く。パイパンなのでよく見える。友梨奈の肉芽は米粒ほどしかなく、いささか頼りなく見えたくらいだった

が、敏感そうだった。包皮を被せては剥いているだけで、蜜がトロトロとあふれてくる。友梨奈は息をつめたまま、やがて訪れるはずの刺激に身構えて、小刻みに震えている。

身構えているなら、そこは後まわしだった。哲彦は右手の人差し指を咥えて唾液をたっぷりまとわせると、割れ目をずぶずぶと穿《うが》っていった。

「はっ、はぁあううううーっ！」

指の挿入に、友梨奈がのけぞる。ガクガク、ガクガク、と腰を震わせ、意表を突かれた刺激に悶絶する。

哲彦は熱く濡れた肉ひだをねちっこく掻き混ぜながら、指を鉤《かぎ》状に折り曲げた。上壁のざらついたところを探し、ぐいっと押しあげた。

「はぁうううーっ！　はぁうううーっ！」

Gスポットを押しあげられて、友梨奈はみずから動きはじめた。激しく腰をくねらせては、股間をしゃくってくる。ネクタイで目隠しをされた顔はもはや茹《ゆ》でたように真っ赤に染まり、耳や首筋まで同じ色になっている。

「まったくだらしないマンコだな。白人のデカチンに犯されまくって、ガバガバじゃないですか」

実際には、指が食いちぎられそうな締まりのよさだった。あれだけ大きなペニスを咥えこまされているのに……。

哲彦は指を出し入れさせはじめた。鉤状に折り曲げた指先をGスポットのくぼみに引っかけるようにして、じゅぼじゅぼ、じゅぼじゅぼ、と音をたてて刺激してやる。

「ああああーっ！　はぁあああああーっ！」

さらに、舌でクリトリスをねぶりまわした。恥丘を挟んで内側からと外側から、サンドウィッチで責められた友梨奈は、半狂乱で泣き叫ぶしかない。

「いっ、いやっ！　いやいやいやっ……おかしくなるっ！　そんなのおかしくなっちゃうっ……ああああっーっ！　はぁあああああーっ！」

叫んでは、ひいひいと喉を絞ってよがり泣き、首筋に汗を浮かべる。急所二点の同時攻撃に、発情のエキスがとめどもなくあふれてきて、シーツに大きなシミをつくっていく。

「イッ、イッちゃうっ……そんなにしたらイッちゃうっ……ああっ、いやっ……もうダメッ……イッ……イイイイッ……」

もちろん、イカせるわけにはいかなかった。哲彦は愛撫を中断すると、素早く服を脱いで全裸になり、友梨奈に覆い被さっていった。

上下逆さまにだ。

男性上位のシックスナインの体勢で、勃起しきった男根を、友梨奈の口唇にねじりこんでいった。

6

自分が上になって性器の舐めあいをするのなんて、初めて経験だった。友梨奈にサプライズを与えるためだったが、これが意外に悪くなかった。

「いいですか？　グロマンをたっぷり舐めてやったんですから、きっちりお返ししてくださいよ」

そう言ったところで、友梨奈は絶頂寸前まで昂ぶっているから、口腔奉仕に集中することができない。おざなりに咥えこんでいるだけだったが、舐め方が生ぬるければ自分で腰を使えばいいのだ。ずぼずぼと口唇を穿って亀頭を喉奥まで送りこむ。悶え泣く知的な美女の声を聞きながら、クリトリスをねちねちと舌先で舐め転がし、Ｇスポットをぐりぐりと押しあげる。

「うんぐっ！　ぅんぐっ！」

友梨奈はきっと、目隠しのネクタイの下で息苦しさに涙を流しているだろう。それでも、クリトリスを舐められれば感じずにはいられない。ガクガクと腰を震わせて、再びオルガスムスへの階段をのぼりはじめる。

もちろん、のぼりはじめたところで、最後の一段のところで刺激をとりあげられるのが、彼女に課せられた哀しい運命だ。どれほど発情しても、爆発できない。健気に舌を使い、こちらのご機嫌をうかがおうとしても、哲彦は非情に徹して生殺し地獄で焦らし抜く。

（そろそろ顔を拝みたくなってきたな……）

シックスナインの体勢を崩し、顔を近づけて横たわった。哲彦は全裸でも、友梨奈はまだ、タイトスーツの上を着たままだった。オフィスにいる格好のまま下半身だけが剝きだし、それもパイパンとなれば、あらためてそそらずにはいられない。

目隠しをはずした。

「ううっ……うううっ……」

友梨奈は必死に眼を凝らしてこちらを見てきた。予想通り涙を流し、アイメイクが無残な姿になっていたが、それを羞じらうこともできない。彼女には、メイクが落ちたことより重要な案件で、頭がいっぱいだ。

「もっ、もう許してっ……」

眼尻を垂らし、哀願口調で言葉を継いだ。

「わたしもうっ……がっ、我慢できないっ……イキたいのっ……」

知的な顔をしているくせに、友梨奈は男心がまるでわかっていなかった。男という生き物は、セックスにおいて天邪鬼《あまのじやく》なのだ。イキたいとねだられれば、むしろもっと焦らしてやりたくなる。

哲彦はニヤニヤと笑いながら、タイトスーツのボタンをはずした。白いブラウスの前も割り、ワインレッドのブラジャーを露わにする。

やはり、着痩せするタイプだった。カップをそっとめくっていくと、白いふくらみが存在感を出した。先端の乳首はやや濃いめのピンク色。着衣の下にあったにもかかわらず、すでに鋭く尖りきっている。

「あああっ……」

コチョコチョとくすぐってやると、友梨奈はせつなげに眉根を寄せた。刺激に身をよじりながら、すがるような眼を向けてきた。

「ねえ、お願いっ……もう入れてっ……オチンチン、入れてちょうだいっ……」

「そんなこと言われても、自信がないなあ」

　哲彦はとぼけた顔で笑う。

「あんなデカチンとハメ撮りしている動画を見せられたら、僕なんかの粗《そ》チンじゃ申し訳なくて入れられませんよ……」

「そっ、そんなっ……夫のものは大きいけど、柔らかいの……あなたのはとってても硬かった。女が感じるのはサイズじゃなくて、硬さなのよ。硬いオチンチンが欲しくてしようがないの」

「またまたぁ。だったらなんで結婚なんかしたんですか？」

「いっ、意地悪言わないでっ……」

　いまにも泣きだしそうな顔をしている友梨奈の、後ろ手の拘束をといた。さらにスーツの上着やブラウスも脱がし、ブラジャーも取って全裸にした。

「あああっ……」

　友梨奈がむしゃぶりついてくる。体中の素肌がカッカと火照《ほて》っている。

「もういいでしょ？　入れてもいいでしょ？　わたしが上になる。自分で動くから……」

　哲彦は焦る彼女をいなしつつ言った。

「騎乗位ですか？　なんか普通ですね」

「普通でいいのよ。普通にイキたいの」

「うーん」

「じゃあ、正常位でもバックでもいいから……」

「それじゃあ、もっと普通じゃないですか」

哲彦はしゃべりながら、彼女を後ろか抱きしめる格好になっていった。ボリューミーな逆ハート形のヒップが、勃起しきった男根にあたっている。位置を調整し、切っ先を桃割れに押しあてていく。

「あんっ……」

反射的に脚を開いた友梨奈は、いやらしすぎる人妻だった。哲彦の意図を瞬時に理解し、片脚を持ちあげた。

哲彦は男根をつかみ、濡れた花園にあてがった。お互い横になってのバックスタイルだ。もちろん、すぐに挿入するような愚は犯さない。亀頭を使って割れ目をなぞれば、焦れた友梨奈が首をひねってすがるような眼を向けてくる。片脚をあげた恥ずかしい格好で、「ねえ、早く」とおねだりの言葉を口にする。

「むううっ……」

哲彦はゆっくりと男根を埋めこんでいった。彼女の締まりが抜群なのは、指を入れた段階でわかっていたが、男根で味わえばさらに格別だった。夫のペニスがあれほど大きいのに、この締まりはいったいなんだと思う。大きくて柔らかいペニスは、むしろ女の締まりをよくするのか。

「んんんっ……んんんっ……」

友梨奈がもどかしげに身をよじる。亀頭を入れただけで挿入が中断されたからだった。哲彦は左手で彼女の肩を抱くようにし、手指を乳房に近づけた。ツンツンに尖りきっている突起をいじりながら、右手を股間に伸ばしていく。中指で、クリトリスをねちっこく転がしてやる。

「ああっ、いやあああっ……」

激しく身をよじる友梨奈は、もどかしくてしかたがないらしい。しかし、横ハメの体勢で女は自分で動きづらい。ずぼっ、ずぼっ、と哲彦は浅瀬を穿ちはじめた。左右の手指も、しっかり仕事をしている。乳首とクリトリスに、絶え間なく刺激を送りこんでいく。

「あああっ……あああああっ……」

焦れったく、もどかしくても、女の急所を三点も同時に刺激されれば、友梨奈はよがりださずにはいられなかった。首をひねって口づけを求めてくれれば、哲彦はそれに応えた。したたかに舌をしゃぶってくる彼女の顔には、もっと突いてと書いてあった。

それでも哲彦は、亀頭までの出し入れをしつこく続けた。素肌と素肌が密着しているから、友梨奈が汗ばんでいくのが伝わってきた。乳首をつまみ、クリトリスをいじりまわすほどに、甘ったるい匂いのする発情の汗をかいた。ずりゅっ、ずりゅっ、と浅瀬を穿てば、新鮮な蜜がしとどにあふれて淫らがましい肉ずれ音がたった。

こういうやり方も悪くない、と思った。セックスはなにも、激しく動くばかりが能じゃない。快楽のぬるま湯にたゆたうようないまの感覚は、癒やしの効果さえありそうだった。

しかも、哲彦が余裕を見せれば見せるほど、友梨奈が焦っていくのがたまらない。奥を突いてほしくてしようがないのに、それは叶わない。焦れつつも、ねちこい刺激に体は追いこまれていく。じりじりとオルガスムスが近づいてくる。

男の体でたとえれば、男根を延々と舐められているようなものだろう。咥えてもらえず、唇のスライドを願いつつも、ノーハンドの舌の刺激だけで射精に追いこまれていくような……。

想像すると、ぞくぞくしてしまった。

友梨奈はいま、そんな状態にいるのだ。なにしろ、クンニやシックスナインで体には火がついている。奥まで突かれる刺激を求めている意識とは裏腹に、体はいますぐイキたくてイキたくてしようがない……。

「ねっ、ねえっ……」

友梨奈が振り返り、涙眼で見つめてくる。

「イッ、イキそうっ……イッちゃいそうっ……」

「イキたいんですか？」

乳首をキュッとつまみあげ、右手の中指の動きに熱をこめる。鋭く尖りきった米粒大のクリトリスを、ねちっこく撫で転がす。

「ああああっ……イッ、イキたいっ……イカせてっ……」

「そんな言い方じゃダメですね」

哲彦は愛撫の手をとめ、上体を起こした。性器を繋げたまま、友梨奈の片脚をさばいて、正常位の体勢になる。

「ああっ……あああああっ……」

涙眼をぎりぎりに細めて見つめてくる友梨奈は、いよいよ本格的なピストン運動が始まると思ったのだろう。泣きそうな顔になりながらも、期待と興奮を隠しきれない。両脚をM字に割りひろげられた恥ずかしい格好で、発情しきった獣の牝になっている。

哲彦は期待に応えた。ただし、一回だけだ。ずんっ、と大きく突きあげると、

「はっ、はぁあううううーっ！」

友梨奈は喉を突きだして悲鳴をあげた。その声音《こわね》には、欲しくて欲しくてしかたがなかったものをようやく与えられた、手放しの歓喜に艶めいていた。

しかし、男根が再び、亀頭を埋めただけの状態でストップすると、

「どっ、どうしてっ……」

混乱しきった表情で、大粒の涙をボロボロとこぼした。

「どうしてやめるの？　やっ、やめないでっ……」

「だから、そんな言い方じゃ素直にピストン運動ができないんですよ」

ねちゃっ、くちゃっ、と浅瀬を掻き混ぜながら、哲彦は言った。

「僕が悦ぶようなおねだりの言葉を口にしてくださいよ。わかるでしょう？　思いっきりいやらしい言葉遣いで、心からお願いするんですよ……」

「ううう……うううっ……」

友梨奈が唇を嚙みしめたのは、哲彦が求めるものがわからなかったからではない。逆によくわかったから、屈辱を覚えているのだ。しかし、彼女がマゾであるなら、屈辱は快楽の炎に注がれる油だった。ここまでだってそうだった。彼女には間違いなく、

そういう性癖がある。

「ほら、言ってくださいよ。外国人のご主人じゃ、こんな言葉責めもしてくれないでしょう？　思いっきりドスケベな浮気妻になってくださいよ。これが欲しいなら……」

ずちゅっ、ぐちゅっ、と浅瀬を突いてやる。三、四、五、六と回数を重ねるごとに、友梨奈の美貌は歪み、紅潮していく。

「そうだ……」

哲彦は枕元に置いてあった彼女のメガネを取り、かけてやった。クールな銀縁メガネが逆に、発情しきった美貌を際立たせ、超弩級のエロティシズムを発揮する。ほんの思いつきだったが、哲彦は一瞬、まばたきも忘れてむさぼり眺めた。

「エッ、エロいっ……エロすぎですよっ……その顔で言ってみてください。おねだりの言葉を……」

言わないなら抜くとばかりに、結合を浅くしていくと、

「いっ、いやあああああーっ！」

友梨奈は心底焦った顔で叫んだ。

「ぬっ、抜かないでっ……おっ、奥まで突いてくださいっ……奥までっ……友梨奈の

オマンコッ……友梨奈のいやらしいグロマン、メチャクチャに突いてくださいいいいいーっ！」

哲彦はその言葉に満足げにうなずき、ずぶずぶと奥まで入っていった。

「はっ、はぁあうううううーっ！」

弓なりに反り返った腰を両手でつかみ、ずんずんっ、ずんずんっ、と最奥を突きあげていく。彼女はやはり、マゾなのだ。いつの間にか敬語混じりになっていたおねだりの台詞《せりふ》が、なによりの証拠だ。

「ああっ、いいっ！　気持ちいいですっ！　奥が感じますっ！　しっ、子宮が熱いですうううーっ！」

銀縁メガネの奥で熱い涙を流しながら、友梨奈は叫び、乱れていく。よがればよがるほど蜜壺の締まりは増し、男根をきつく食い締めてくる。

「むううっ……」

哲彦は唸りながら、トドメを刺しにいった。ずんずんっ、ずんずんっ、と最奥に怒濤の連打を打ちこみながら、右手の親指でクリトリスをはじいた。

「あうううーっ！　クッ、クリがっ……クリが燃えてるっ……燃えてますううーっ！」

左手で乳首をつまめば、

「はぁううう－っ！　乳首いいっ！　乳首気持ちいいっ！　気持ちいいですうううう－っ！」

半狂乱でジタバタを暴れ、全身を生々しいピンク色に染めていった。そこに玉の汗が浮かんでくると、彼女はもう、自分を制御できなかった。

「イッ、イキますっ……もうイッちゃいますっ……イカせてくださいっ……もっ、もう焦らさないでくださいっ……」

哲彦はうなずき、腰使いに熱をこめた。ずんずんっ、ずんずんっ、と子宮に痛烈な連打を浴びせながら、クリと乳首をいじりまわした。

「あああああ－っ！　もっ、もうダメですっ……イキますっ……友梨奈、イカせていただきますっ……はっ、はぁうう－っ！　はぁううう－っ！　イッちゃう、イッちゃう、イッちゃうっ……イクウウウウウウ－ッ！」

ビクンッ、ビクンッ、と腰を跳ねあげて、友梨奈はオルガスムスに駆けあがっていった。銀縁メガネをかけたクールな美貌をくしゃくしゃに歪め、女に生まれてきた悦びをむさぼり抜いた。

（たっ、たまらんっ……）

哲彦ももう、にわかサディストを気取っていられなくなった。上体を友梨奈に被せ、ビクビクと痙攣している体をきつく抱きしめた。燃えるような体温と甘ったるい汗の匂いを感じながら、フィニッシュの連打を打ちこんでいった。

第五章　隣家の浮気妻

1

「まったく、やってられないぜ。せっかくの休日に、なんでこんなことしなくちゃならないんだよ」

哲彦は手にしていた鎌《かま》を放りだした。

自宅の庭だった。猫の額ほどの広さだがいちおう芝生が植えてある。まだ冬だというのに雑草が伸び放題で、近所の眼が気になるくらい汚らしくなっていた。百円ショップで鎌を買ってきて庭仕事をしてみたものの、慣れない作業に腰は痛くなり、刈り方もうまくないので、やればやるほどトラ刈りふうの無残な見た目になっていく。

「……ふうっ」

ずけた。

哲彦は首に巻いたタオルで顔の汗を拭いながら、アウトドアチェアに疲れた体をあずけた。

「なんで一戸建てなんか買ったんだろうな。マンションにすりゃあ、こんな苦労しなくてすんだのに……」

マンションより一戸建て、というのは逃げた元カノの希望だった。ちなみに、庭が欲しいと言ったのも、芝生が素敵と言ったのもそうだ。

結婚話がなければ、そもそも不動産購入など考えなかっただろうと思うと、汗だけではなく涙が出てきそうだった。ローンのプレッシャーはあるわ、通勤時間は倍増するわ、広さをもてあまして淋しさは募っていくばかりだわ、この家に引っ越してきてから、いいことがひとつもない。

空を見上げると、遠くに飛行機雲が見えた。

不意に感傷的な気分になってしまったのは、友梨奈のことを思いだしたからだ。

オフィスの隣の席にやってきてひと月も経たないうちに、彼女は会社を去っていった。突然の話だったので驚いたが、アメリカに帰国することになった夫についていくらしい。

「牧場をやってる夫のお父さんの具合がよくないらしくてね。アメリカなんて行きたくないけど、まあ、結婚してしまったんだからしかたがないわね」

友梨奈は妙に晴れやかな表情をしていた。「しかたがない」と言いつつも、表情や口調に夫への愛情が滲んでいた。

（なんなんだよ、ちくしょう。結局、セックス以外はうまくいってる……いや、本当はセックスだってそれなりに満足してるのに、刺激が欲しかっただけなんじゃないか。久しぶりに日本人の男に抱かれたくて……）

笑顔で別れの挨拶をしながらも、哲彦は心で泣いていた。彼女とのセックスは、ひどく燃えた。ブラッド・ピット似の夫に後ろから貫かれているときは、洋ピンのポルノ女優よろしく、「おうっ、おうっ」と低い声であえいでいたのに、ひと皮剝けばとんでもないドMだった。「イカせていただきます」と敬語で言いながら絶頂に達した彼女はとんでもないいやらしさで、いまでも思いだすだけで勃起しそうになってしまう。

（人妻でもいいから、もう二、三回やりたかったなあ……）

そんなことを考えても、虚《むな》しいばかりだった。友梨奈はすでに機上の人となり、遠いアメリカまで行ってしまった。セックスはおろか、会うことだってままならない。

今回も占いははずれ、哲彦に残されたのは、ひとり暮らしには広すぎる郊外の一戸建てだけ、というわけである。

そのとき、目の前を引っ越し業者のトラックが通りすぎていき、隣の家の前で停まった。隣の家は哲彦の家と同じ施工業者が取り扱っている建て売り物件だが、新築のまま長らく入居者が決まらず、誰も住んでいなかった。

ついに売れた、ということらしい。

(どんな人が引っ越してくるんだろう?)

様子をうかがうため、再び鎌を持って雑草を刈りはじめた。トラックには制服姿の引っ越し業者しか乗っていなかったが、あとからやってきたハイブリッドカーから入居者らしい夫婦がおりてきた。

(おおーっ!)

妻は長身の美女だった。年は二十代半ばから後半だろうか。背が高いくせに出るところは出たメリハリボディの持ち主で、それを花柄のボディコンワンピースでぴったりと包んでいる。すぐにコートを着てしまったが、哲彦は乳房の大きさやヒップの丸みを見逃さなかった。しかも、顔立ちだってハーフのように彫りの深い極上美人だから、すさまじく派手な感じがする。

しかし……。

一方の夫のほうは妻よりずっと背が低い、四十がらみの小太りな中年男だった。頭髪も薄くてしょぼくれている。哲彦に言われたくないだろうが、妻の派手さに比べて、あまりにも残念な印象である。

（なぜだ……なぜなんだ……）

哲彦はあまりの悔しさに地団駄を踏みたくなった。あんなおっさんが若いボディコンを娶《めと》れるなんて、世の中おかしすぎる。一瞬、父親かなにかかと思ったが、おっさんはボディコン女の腰に手をまわして脂下《やにさ》がっているから、夫婦であることは間違いない。

（……「希望をもて」と解釈しよう）

鎌を片手にがっくりとうなだれていた哲彦は、そう自分に言い聞かせた。隣人に嫉妬するなど愚の骨頂。男の価値は姿形ではないというメッセージを送られている、と思えばいいのだ。そうとでも思わなければ、自分がみじめでしかたがなかった。結婚するはずだった女に逃げられ、ガランとした一軒家でひとり暮らしているこの境遇が……。

2

夕刻——。

オレンジ色に染まった空を眺めながら、台所の棚に残っていた安い麦焼酎でひとりしみじみと酒盛りをしていると、呼び鈴が鳴らされた。

隣人が粗品を持って挨拶にきたのだ。

「隣に引っ越してきた星川《ほしかわ》と申します。これ、つまらないものですが……」

綺麗に包装された、ティッシュの箱ほどのものを渡された。

(でっ、でけえ……)

哲彦は恐縮して受けとりつつも、彼女の上背の高さに気圧された。百七十センチの哲彦より、二、三センチは高いのではないだろうか。

「どっ、どうも……わざわざすみません……三橋と申します……よろしくお願いします」

思わず米つきバッタのように頭をさげてしまったが、内心ではちょっとイラッとしていた。

挨拶の言葉を口にしたのも、粗品を渡してきたのも、妻のほうだった。夫はその後ろで、おざなりにお辞儀をしただけだ。そんなことくらいで苛立ってしまうのも、また嫉妬なのかもしれない。妻は背が高いだけではなく、間近で見ると掛け値なしの美人だった。

「……なんだろう、これ？」

ふたりが去っていくと、哲彦は手にした箱を振りながら首をかしげた。引っ越しの粗品と言えば手ぬぐいと相場は決まっているが、手焼きのクッキーでも包んでくれたのだろうか。

彼女のつくったクッキーなら食べてみたい、と思いながら包みを開けてみると、本当にティッシュの箱だったので苦笑がもれた。悪意はないのかもしれないが、あまり気分のいい贈り物ではない。

ティッシュというものは、置かれたシチュエーションによってずいぶんと意味合いが違ってくるからだ。夫婦の寝室に置かれていれば、メイクラブの後始末をするための秘めやかな薄紙。しかし、独身男の寝室に置かれていれば、オナニーの後始末をするみじめさの象徴である。

「ナメてんのか、まったく」

哲彦はティッシュの箱をソファに投げつけ、酒盛りを続けた。今日という今日は飲んでやろうと思った。飲んですべてを忘れてやる。逃げた彼女のことも、アメリカに行ってしまった友梨奈のことも、隣に越してきた無神経な夫婦のことも……。

それにしても……。

先ほどから、頭の隅に引っかかっていることがあった。なんとなくだが、先ほどのボディコン妻に、見覚えがある気がするのだ。星川という苗字に聞き覚えはなかったが、それは夫のほうの苗字だろう。独身時代の妻に、会ったことがあるのだろうか？

「誰だったたっけな……」

しかし、いくら頭を絞って考えても、彼女が誰なのかが思いだせない。あれだけの美人なのだから、出会っていれば忘れるはずないと思うのだが……。

いつもなら、自宅のひとり酒はてきめんに効いて、すぐに眠気が訪れるのだが、その日はいつまで経っても眼が冴えたままだった。

夜の帳《とばり》がおりると、散歩に出かけるふりをして、隣家の表札をチェックした。

妻の名前は、麻衣《まい》というらしい。

知らない名前だった。容姿には見覚えがある気がしてしようがないのに、麻衣という名前にはまるで記憶回路が反応しない。

思いすごしなのだろうか？

美人というのはどこか似通っているものだから、他の誰かと間違えているのかもしれない。それにしても、麻衣のような派手なタイプには、他にも心当たりがないのだが……。


一週間が過ぎた。

つらい一週間だった。自分という人間をこれほど軽蔑したことは、いままでの人生に一度もない。

哲彦のセルフイメージは、人より特別秀でたところはないが、かといって悪事に手を染めることもない善良な市民。薬にもならないが毒にもならない、平凡で人畜無害なおとなしい羊、というものだった。

残念と言えば残念だが、それが自分という人間なのだからしかたがないし、三十年間もそういうキャラをやっていると、愛着もあった。素晴らしい人間ではなくとも、悪い人間じゃないのだからいいじゃないか、と……。

なのに、やってしまったのだ。おとなしい羊の仮面を被りつつ、人の道からはずれた卑劣な行為に手を染めて、かつての自分なら眉をひそめて唾棄《だき》するようなことをしつづけている。

のぞきである。

隣家のボディコン妻、麻衣のことが気になってしようがなく、毎日毎日、五分に一回くらい窓越しに隣家の様子をうかがっていた。照明がついているからまだ起きているな、とか、暗くなってしまったから夫婦の営みを始めたのだろうか、などと思っているうちはまだよかった。

そのうち、庭にまで出ていくようになった。

隣家との間は、哲彦の庭にある生け垣で仕切られている。わりと立派な生け垣なので、隣家のほうはフェンスは不要と施工業者は考えたのだろう。生け垣の側まで行けば、木々の隙間からリビングの様子がよく見えた。

麻衣は自宅の中にいても、ボディコンじみたニットワンピースを愛用していた。オレンジやグリーンなど派手な色で、ボディラインも丸わかりなら、裾が短くていまにも太腿がすべて見えてしまいそうだった。そんな格好で猫のようにソファに横たわり、テレビを見ていた。哲彦は勃起せずにはいられなかった。冬の夜風が冷たくなければ、実際にイチモツを取りだして、庭でしごきはじめていたかもしれない。

そこまではまだ、ぎりぎりセーフだったろう。

あくまで自分の家の敷地内から見ているだけなのだから、言ってみれば借景のようなものである。

しかし、リビングから麻衣の姿が見えなくなると、いても立ってもいられなくなった。時刻は午後十一時を過ぎたところ。誰もが風呂に入り、一日の疲れを癒やしたくなる時間帯……。

もちろん、哲彦の家の庭からは、隣家のバスルームはのぞけなかった。のぞくためには、隣家の敷地に不法侵入しなければならない。

やってしまった。

もしものときに言い訳することができるように、隣家の敷地に鎌を放りこみ、それを取りにいくふりをして、生け垣を乗り越えた。みっちり茂った木々を掻き分け、腰の高さほどのスチールフェンスを乗り越えなければならないので、大変な作業だったが、やってのけてしまった。

おりた先は駐車場で、足元にはコンクリートが打たれていた。音が出る防犯用のジャリが敷かれていたら、そんな暴挙には出なかったかもしれない。悪事に足を踏み込みつつも、そういうところは妙に冷静な自分が怖い。

家の裏側にまわりこんでいくと、夜闇に白い湯気が漂っていた。バスルームの窓から出ているに違いなかった。哲彦は息を殺し、抜き足差し足で近づいていった。窓は型ガラスで視界を遮っていたが、換気のためだろう、二センチほど開けられていたので、そこからのぞけた。

(おおおっ……)

シャワーを浴びている背中が眼に飛びこんできて、哲彦は息を呑んだ。くっきりくびれたウエストと、豊満なヒップのコントラストが見事だった。素肌の色もまぶしいくらいに白い。湯に濡れているから輝くばかりだ。

麻衣が少し体を横に向けた。

(すっ、すげえ、横乳じゃないか……)

着衣の上からでもそうとわかったグラマーボディは、ヌードになると破壊力が倍増した。乳房を横から拝むと、ツンと上を向いた形のよさが確認できた。そのくせ裾野にはボリュームがあり、揉み心地がよさそうだ。

(こんなエロい横乳、グラビアアイドルやレースクイーンにだって、滅多にいないぞ……)

鼻息を荒げながら胸底でつぶやいた瞬間、ハッとした。

哲彦はセクシーなコスチュームをまとっているレースクイーンやモーターショーの

コンパニオンが大好きで、よくネットで画像を漁っていた。グラビアアイドルほど個性を出さず、匿名っぽい感じがよかった。それゆえ、いちいち名前など調べないのだが、顔やスタイルはばっちり記憶に刻みこんである。もちろん、自慰のおかずにするためである。

いままで何百枚と見てきた画像の中に、彼女はいたような気がした。湯に濡れた艶めかしいボディを眺めていると、次第にコスチューム姿が蘇ってきた。白と青を基調にしたもので、トップスは大胆にウエストを出し、ボトムスはミニスカート、両脚はニーハイブーツに飾られていたはずだ。

（まっ、間違いないいっ……あの女だっ……隣の奥さんは、あのレースクイーンだったんだ……）

昔とは違い、レースクイーンといっても、芸能人ほど世間に顔が売れない。市井《しせい》にまぎれこんでひっそり暮らしていても少しもおかしくないが、まさか隣に越してくるとは……。

（彼女で何回抜いただろう？　十回か、二十回か……）

一度思いだしてしまうと、次々に記憶が蘇ってきた。麻衣のレースクイーン姿で股間を熱くしていたのは、たしか三、四年前だ。つまり、いまよりずっと若く、下手をすれば二十歳そこそこだったかもしれない。

しかし、哲彦にはいまの彼女のほうが、ずっと魅力的に感じられた。かつてはもっと初々《ういうい》しかったはずだが、いまはお色気がむんむんだ。シャワーを浴びている後ろ姿だけで、人妻の艶を隠しきれない。

(やばいっ……やばいぞっ……)

人妻になど興味がなかったはずなのに、その色香に敏感になっている自分が怖かった。香澄に理沙子に里美に友梨奈……みな誰かのものであることにがっかりさせられたが、セックスは最高だった。誰もが美しかったり、可愛かったりする仮面の下に、淫獣の本性を隠していた。若い女なら眉をひそめそうなハードなプレイも、次々に経験させてもらえた。

つまり、彼女も……。

あの小さなおっさんと、濃厚なセックスに耽っているのだろうか？　それゆえに、これほど色香を放っているのか……。

3

夜になるとのぞきを繰り返すこと一週間、哲彦はある事実に気づいた。

いつのぞきに行っても、夫の姿がないということだ。

もし自分が麻衣のような女と結婚したら、毎晩一緒に風呂に入り、体の隅々まで磨きあげてやるだろう。なのに彼女は、いつもひとりで風呂に入っている。それはともかく、リビングでも夫の姿を見かけないというのは、どう考えても少しおかしい。

（まあ、仕事が忙しい人なのかもしれないけど……）

哲彦にしても、最近は少し落ち着いたものの、ちょっと前までは残業ばかりの毎日だった。ここは都心からかなり離れた郊外なので、月曜から金曜まで帰宅はずっと午前様というときだってあった。

それにしても、新居の一戸建てに妻をひとり放置しておくとは、無粋《ぶすい》な男である。

そんな彼女を励ますため、なにかできないかと思いはじめた。ずっとのぞいていたためか、彼女に感情移入していた。そして、カレーをつくってお裾分けしたらどうだろうと閃《ひらめ》いた。他の料理はともかく、哲彦は昔からカレーにだけはこだわりがあり、味にも自信がある。毎日風呂をのぞかせてもらっていることに感謝しながら、心を込めてつくった。

「ごめんください」

味を馴染ませるため、ひと晩寝かせた特製のカレーを、タッパーに入れて持っていった。

「これ、つくりすぎてしまったんで、よかったら食べていただけませんか？」

「えっ……やだ」

麻衣は困惑気味に笑った。

「すいません。気を遣っていただいて……」

「いやいや、本当につくりすぎたんです……」

言いつつも、哲彦の視線は彼女の体を舐めるように眺めまわしていた。今日もボディコンじみたワンピースを部屋着にしていた。色はヌーディベージュ。いつもより地味な色だが、そのぶん生々しい生活感が漂ってくる。ミニ丈からのぞいているのは素足で、ストッキングの防御もない。

「タッパーも返さなくていいですから。それじゃあ、どうも……」

あまり長く眼福を楽しんでいるとあやしまれそうなので、後ろ髪を引かれる思いで自宅に戻った。ドキドキと胸が高鳴っていた。名前を知らなかったとはいえ、彼女はかつてのオナペット……と言って悪ければ、憧れの女だった。

里美も憧れの女だったが、高校時代のクラスメイトとレースクイーンでは憧れの意味が違う。麻衣の場合は、画像を通じて一方的に眺めていたのだ。メディアの中にいた女が生身として現れのだから、そのインパクトは絶大である。しかも、ただの生身ではなく、人妻として……。

（たまらんっ……たまらないよっ……）

そんな思いに耽り、うっかり自慰をしたせいで、つい寝入ってしまった。眼を覚ますと午前零時を過ぎていた。麻衣のお風呂タイムはだいたい午前十一時前後だから、もうあがっている時間である。

「ちっ、ちくしょう……」

もはや日課になっているのぞきができず、地団駄を踏んだ。しかたなく、寝直そうと思っても頭が冴え渡っていくばかりだった。悶々とした状態で隣家を見ると、二階の部屋からオレンジ色の照明がもれていた。

おそらくそこが寝室だろうと、前から目星をつけていた。しかし、いくら眼を凝らしたところで、カーテンが引かれているから部屋の中まではのぞけない。そこに人がいるのかどうかさえわからない。

だが、隣家のすぐ側には電柱が立っていて、そこをのぼれば一階の屋根——下屋《げや》に飛び移れそうだった。寝室らしき窓は下屋に面しているから、そこまで行けばたぶんのぞける……。

いったん可能性を確信してしまうと、それを頭から振り払うことはできなかった。屋根にまでのぼれば完全に犯罪だ。見つかった場合、言い訳のしようもない。おそらく警察に突きだされる。会社は馘《くび》になるだろうし、隣人からの冷たい視線に耐えられず、引っ越しを余儀なくされる。

そんなことになったら、転落人生まっしぐらである。新築の家も一日住めば中古だから、この家は購入価格の三割減でしか処分できないだろう。残るのは借金だけという、悲惨な現実を目の当たりにすることになる。

(やめるんだ……それやったらおしまいだ……)

もうひとりの自分が必死にとめていたが、哲彦は玄関を出て隣家の側に立っている電柱によじのぼりはじめた。

見つかれば人生は終了となる。それはわかっているけれど、見つからなければ途轍《とてつ》もない眼福を味わえるかもしれないのである。ボディコンを部屋着にしているくらいだから、麻衣はきっとセクシーなナイティに身を包んでいるはずだ。色気のないTシャツとか、パジャマなんてあり得ない。ネグリジェか、スケスケのキャミソールか、はたまたパンティだけのトップレスか……。

電柱から下屋にそっと飛び移り、四つん這いになって、じりじりと窓に近づいていく。オレンジ色の照明は細い縦一本線、つまりそこにカーテンの隙間がある。

（うっ、うおおおおーっ！）

首を伸ばしてのぞいた哲彦は、胸底で雄叫《おたけ》びをあげた。実際に声を出さなかったのが奇跡に思えたほどの、すさまじい衝撃を受けた。

広々としたキングサイズのベッドの中心に、麻衣はあお向けで横たわっていた。着けていたのは、ネグリジェでもキャミソールでも下着でもなかった。

レースクイーンのコスチュームである。

哲彦もよく知っている、白と青を基調にしたもので、部屋の中なのにニーハイブーツまで履いている。

夫の姿はなかった。

麻衣はひとりきりで、オナニーをしているようだった。

長い両脚をベッドに投げだし、股間に右手を置いているのだから、そうとしか思えない。コスチュームのボトムスはふわふわした白いミニスカートになっているのでよく見えなかったが、ぎゅっと眼をつぶって眉根を寄せているセクシャルな表情からは、発情以外のものは伝わってこなかった。

(マジか……マジなのか……)

こちらの予想を遥かに超える衝撃的な光景を前に、哲彦はしばらくの間、放心状態に陥っていた。

しかし、考えてみれば、一週間も夫に放置プレイを続けられれば、欲求不満になってもしかたがなかった。人妻という生き物はどれだけ美人でも、放置されれば欲求不満になる。そのことは、いままで抱いた四人の人妻がきっちりと教えてくれた。麻衣が同じであっても、少しもおかしくない。

レースクイーンのコスチュームを身につけている理由だって、わからなくはなかった。おそらく、自分はレースクイーン時代にもっとも輝いていたと思っているのだ。そして、いちばんモテていたのだろう。レースクイーンはレース場の華である。何十人、何百人の男から熱い視線を浴びせられたこともあれば、イケメンのレーサーと熱い夜を過ごしたことだってあるのかもしれない。

(うっ、うおおおーっ!)

突然、麻衣の脚が動いたので、哲彦は余計なことを考えられなくなった。

両脚をM字に割りひろげたのだ。

白いミニスカートの下は青いオーバーショーツ——いわゆる見せパンを穿いていた。それでも、普段ならチラリとしか見えない部分を丸出しにして、あまつさえニーハイブーツに飾られた長い両脚をM字にされたのである。その中心を、女らしい細指が、クイッ、クイッ、と尺取虫のような動きで這っているのである。

もはやオナニーしているのは明白だった。

秘めやかな快楽に身をよじっては、半開きにした唇をわななかせていた。

カーテンに隙間はあっても窓はぴったりと閉じられていたので、声が聞こえないのが残念だったが、ヴィジュアルだけでもオールタイム・ベストワンのいやらしさだと断言してよかった。

4

それから三日の間、哲彦は呆けたような状態で過ごした。

仕事をしていても、行きや帰りの電車に揺られていても、頭の中には常に、麻衣の痴態がフラッシュバックしていた。

自宅に帰って射精を遂げ、賢者タイムに突入すると、自分のしでかしたことの恐ろしさに戦慄し、二度と下屋にはのぼらないことを胸に誓ったが、だからと言って忘れられるわけでもない。かつて、レース場で華やかな笑顔を披露しているだけの写真を見てオナニーのおかずにしていた女が、その衣装のまま自分を慰めていた光景を、忘れられるわけがない。

（たまらんなっ……たまらないよっ……）

その日も哲彦は、帰宅するとすぐに布団にもぐりこみ、枕を抱いてひとしきり悶えたあと、自慰をした。この三日間は、三十路にして一日に三度も放出していた。とにかく、すっからかんにしておかなければ、自分を制御できなくなりそうだった。のぞきをするために下屋にまでのぼってしまったのだから、次にこみあげてくる欲望となると、夜這《よば》いくらいしか考えられない。

それだけは絶対に許されることではなかった。自分の人生を破滅させるだけではなく、麻衣やその家族も地獄に堕《お》とすことになる。哲彦のような小心な人間は、人に迷惑をかけることが極端に恐ろしい。悪事に手を染めても、ぎりぎりのぞきまでなのである。

しかし……。

精力が溜まってくると、それは本当に許されないことなのか？　と耳元でささやくもうひとりの自分がいるのだ。

相手は欲求不満をもてあましている。相手をしてやればいいじゃないか。いままでそうしてきたように……。

怖かった。

そんな倒錯した理屈が正論に思えてしまうことは恐怖以外のなにものでもなく、続けざまに二度も三度も自慰をせずにはいられなかった。日課にしていたバスルームののぞきさえ、この三日間は行っていない。

ところが……。

布団の中で悶々としていると、呼び鈴が鳴った。こんな遅くに宅配便だろうかと首をかしげながら玄関に向かい、扉を開けると、立っていたのは麻衣だった。妄想していた相手が突然現れて、哲彦は混乱した。

「遅くにすみません……この前のカレー、とってもおいしかったんで……そのお礼にと……思って……」

上目遣いでこちらを見ながら、ラップをかけた小鉢をおずおずと差しだしてきた。

「そんな……わざわざすみません……」

哲彦は恐縮しつつ受けとった。小鉢の中は肉じゃがのようだった。

(レースクイーンがつくった肉じゃがなんて……)

なんと胸が躍るお裾分けだろう。麻衣はいつもの部屋着の上に、ロングダウンコートを羽織っていた。それもまた、レースクイーンっぽくてそそる。

「このおうち……」

麻衣が玄関を見渡しながら言った。

「うちと同じ施工業者さんって聞きましたけど、造りは全然違うんですね」

「そうですか？　よかったら、中を見ていきますか？」

言ってから、しまったと思った。ひとり暮らしの男の家に人妻をあげるなんて、さすがに大胆すぎる誘いだったかもしれない。下心を疑われてもしかたがない。

しかし麻衣は、

「いいんですかぁ？」

大きな眼をキラキラと輝かせた。純粋に好奇心を疼かせているようだ。

哲彦は彼女を家にあげ、各部屋を案内した。３ＬＤＫの造りだが、ひとり暮らしなので使っているのは寝室とＬＤＫだけだ。ガランとした部屋をふたつも見て麻衣は怪訝な顔をしていたが、迂闊《うかつ》にプライヴェートに立ち入らない常識はもちあわせているらしく、なにも訊ねてこなかった。

家の中をひと通り案内すると、そのまま帰すのも忍びなく、

「せっかくだから、僕は肉じゃがで一杯やることにしますけど、よろしかったら、一緒にビールでも飲んでいかれませんか？」

自然に誘いの言葉が出た。

麻衣が快諾してくれたので、リビングのテーブルで差し向かいに座り、乾杯した。

考えてみれば、この家に人をあげたのは、彼女が初めてだった。両親、友人、会社の上司や同僚などは、この家に引っ越してきた経緯を知っているので、気を遣って訪ねてくることもない。

「実はですね、僕がこの家でひとり暮らしをしているのは……」

哲彦は自分から話を切りだした。

「婚約者に逃げられたからなんです。彼女の希望で郊外に家を買ったのに、引っ越しする前に破談しちゃって……情けない話ですけど……」

心の傷はまだ癒えていなかったが、哲彦は笑い飛ばすつもりで言った。

しかし、

「……そうだったんですか」

麻衣が妙に神妙な顔をしたので、逆に気まずくなってしまった。

「淋しいですね、一戸建てにひとりというのは……」

「いや、まあ、そのうち慣れると思いますが……」

「実はわたしもなんです」

「えっ？」

「わたしも隣の家でひとり暮らしを……」

意味がわからなかった。

「いや、あの……だって、ご主人と一緒に引っ越しの挨拶にいらっしゃいましたよね？」

「主人はあの翌日、コロンビアに旅立ちました」

一瞬、その国がどこにあるのか思い浮かばなかった。サッカーの強いところだった気がするが……。

「主人は鉱物を採掘する会社の職員で、向こうの鉱山に出向しなくちゃならなくなったんです」

なるほど、そういう事情だから、いくらのぞいても夫の姿を確認できなかったわけか。

「二、三年は帰ってこられないみたいなんですが、その前にどうしても結婚したいって……家を買うから待っててくれって……」

「……ずっ、ずいぶん大胆な求婚ですね」

大胆というかメチャクチャである。自分は二、三年も海外に行くのに、その前に結婚してくれとは、どういう了簡なのだろう。

「主人の気持ちもわかるんですけどね……会社の命令に従うのは、サラリーマンの宿命だし、向こうは治安がよくないから、わたしを連れていくのは難しいみたいだし……」

「いや、それにしても……」

「夫は浮気を心配してるんです」

「えっ？」

「わたしが浮気者だから、二、三年も放っておいたら絶対に他に男をつくるだろうって思ってるみたいなんです。だから籍を入れて、こんな郊外の家に隔離しなくちゃ、主人も安心して海外に行けなかったっていうか……はっきり言って、わたしも悪いんですけど。過去に彼を裏切ったことがあるから……」

「なつ、なるほど……」

うなずきつつも、哲彦はどういう顔をしていいかわからなかった。ただ「浮気者」というキーワードが、鼓動を乱れさせた。浮気は悪だが、彼女ほど美しければモテるに決まっているので、気の迷いが起こってもしかたがない気がした。それを阻止するために動いた夫の強引なやり方も、事情を聞けば同じ男として共感できないこともない。

しかし……。

入籍し、郊外の家にひとりで住まわせておけば浮気を防止できるという考えは、浅はかという他なかった。

現に、麻衣の欲求不満は限界に達しようとしている。心では夫のことを愛していても、体まではそうはいかない。スキンシップのないひとり寝の毎日をもてまし、レースクイーン時代のコスチュームまで持ちだして、自慰に耽っている始末なのである。

それに……。

隣家にはのぞきも辞さないほど彼女の魅力に取り憑かれている男が住んでいるのだから、郊外とはいえ安心するのは迂闊である。

「実はですね……」

哲彦は勇気を振り絞って切りだした。

「言おうか言うまいか迷っていたんですが、僕はその……かねてより奥さんのファンだったというか……」

スマホを取りだし、画像を見せた。もちろん、レースクイーン時代のものだ。

「これ、奥さんですよね？」

麻衣の顔色が変わった。一瞬色がなくなり、怒ったようにも見えたが、すぐに頬が赤く染まっていった。

「……ご存じだったんですか」

恥ずかしげに顔を伏せ、身をよじる。

「いや、その……僕、レースクイーンとかモーターショーのコンパニオンとかが昔から大好きで……よくネットで画像を漁っているんです。いい歳して恥ずかしいですけど……」

「恥ずかしくなんかないですよ！」

麻衣は語気を強めて言った。

「みなさんの応援があるから、そういう仕事は成り立つわけで……女の美しさは見られてこそ磨かれると、わたしは信じていて……下からばっかり撮ってくるエッチなカメラ小僧さんにも、いつも感謝してましたから……」

彼女はレースクイーンという仕事に、ずいぶんと誇りをもっていたらしい。

「でも、いつまでも続けられる仕事じゃないし……タレントに転身するには、歌も踊りもしゃべりもダメだったし……」

未練たっぷりな様子で溜息をつく。

「見てみたいなあ……」

哲彦はまぶしげに眼を細めて言った。

「麻衣さんのレースクイーン姿、一度くらい生で見てみたかったなあ……きっと、すごい素敵だったんでしょうね？」

麻衣が息をつめて見つめ返してくる。彼女の自宅には、レースクイーンのコスチュームがある。見せようと思えば見せられるわけだが、そのことをスケベな隣人が承知済みであることを、彼女は知らない……。

5

ふたりで隣家に移動した。たしかに内装や間取りが違っていたが、哲彦にとってそんなことは本当にどうでもいいことだった。

「……着替えました」

洗面所の扉が少し開き、麻衣の声が聞こえてきた。

「どうぞ、どうぞ……出てきてください……出てきて見せて……」

哲彦の声は、興奮のあまり小刻みに震えていた。

麻衣は結局、レースクイーンのコスチューム姿を披露してくれることになった。五分ほど悩んだふりをしていたが、彼女にしても、見られることはやぶさかではないのだ。それを着てオナニーしているくらいなのだから、異性から熱い視線を浴びせられるのだって嫌いなわけがない。

「恥ずかしいです、なんか……」

うつむきながら、リビングに姿を現した。

「うっ、うわあっ！」

哲彦は声をあげてソファから立ちあがった。いささか大げさに感激してみせようと見る前から決めていたが、演技ではなく本当に感動してしまった。

大胆にウエストを出したトップスに、白いミニスカート——三日前、オナニーをしていたコスチュームである。カクテルハットやチョーカーも装着し、室内にもかかわらず、ニーハイブーツまで履いているサービスぶりだったので、感涙がこみあげてきそうになった。ベッドの上でも履いていたくらいだから、靴底はきれいなのだろう。

「すごいっ、すごいですよっ……」

立っているところを間近で見ると、すさまじい美脚ぶりに圧倒される。ニーハイブーツの高い踵のせいで、身長も哲彦より六、七センチは高くなっている。自分より背の高い女と付き合ったことがない哲彦にとって、美女を見上げるという行為そのものが、ひどく新鮮だった。

「本当に、レース場にいるレースクイーンそのものですね……」

哲彦はレース場になど行ったことがなかったが、遠くから疾走するエンジンの音が聞こえてきそうなほど臨場感があった。

「これでパラソルを持っていれば完璧なんですけどね」

麻衣の頬が赤く染まっているのは、哲彦の視線を意識しているからだろう。自分から見たいと言った以上、哲彦はあえてまじまじと彼女のボディをむさぼり眺めた。普通のシチュエーションなら、常識を疑われるような眼つきをしていたはずだが、麻衣はそのまなざしにこそ興奮するに違いない。

「でも、レースクイーンはやっぱり、ひとりじゃ淋しいですね。うちのチームは四人いたんですけど、やっぱり四人揃うと人だかりもシャッター音もずっと増えて……」

「四人の中でエースは誰だったんですか？」

哲彦はちょっと意地悪な眼で麻衣を見た。

「そっ、それは……」

「わかりますよ」

麻衣が口ごもると、皆まで言うなとばかりに哲彦は遮った。

「麻衣さんがエースだったんでしょう。いちばん綺麗で……」

「いちおう……そういうことにはなってましたね……」

「やっぱり」

哲彦は満足げにうなずき、さらに視線を熱くたぎらせる。見せパンを穿いているので、白いミニスカートの丈は少し屈んだだけでヒップが見えてしまいそうな短さで、太腿がほとんどすべて露出していた。太腿の迫力は逞《たくま》しいばかりだった。それをぴったりと包んでいるのは、レースクイーン御用達《ごようたし》のヌラヌラと油じみた光沢を放っている肌色のストッキングだ。

（さっ、触りたいっ……その太腿に頬ずりしたいっ……）

そこまで求めるのは図々しすぎる、と自分でも思った。レースクイーンのコスチューム姿を見せてもらっただけで満足し、あとは自宅に戻ってオナニーをすればいい……。

だが、麻衣にしても、ひとり寝の夜をもてあましているのである。夫が長期の海外出張で不在の淋しさを自慰で埋めあわせているのである。並んだ二軒の家に、男のひとり暮らしと、女のひとり暮らしがいて、お互いにオナニーばかりしているというのも、不毛な話ではなかろうか。ならばいっそ、お互いに結託して淋しさを埋めあわせればいいのでは……。

おまけに……。

麻衣は自分のことを「浮気者」と言っていた。過分に自虐的な発言だろうが、尻の軽さは隠しきれない。誘われれば嫌とは言えないタイプなのは、これほどすんなりコスチューム姿を見せてくれたことからもあきらかだ。

「あのう……」

哲彦は覚悟を決めた。ここで誘わなければ、一生後悔すると思った。

「そのコスチューム、スポーティなのにエレガントで、とっても格好いいんですけど……」

「なっ、なにか？」

麻衣が不安げに眉根を寄せる。哲彦の眼つきが変わったことを、敏感に察知したようだ。

「エッチな匂いがしますよ」

哲彦はくんくんと鼻を鳴らした。

「奥さん、そのコスチュームを着て、なにかいやらしいことしませんでした？　ピットでレーサーとエッチしちゃったとか？」

「まっ、まさか……」

麻衣は苦笑しようとしたが、頬がひきつってうまく笑えていなかった。

「そんなことできるわけないじゃないですか。ピットにはメカニックさんもスタッフもいるし、みんなピリピリしてるし……」

「じゃあ、ふたりきりでコスプレかな？」

哲彦はニヤニヤと笑いかける。

「いまのご主人……と、そのころ付き合っていたのかどうか知りませんけど、当時の恋人とその格好でエッチしたでしょ？」

「してません！」

語気の強さが、かえって疑惑を高めるような答え方だった。

「レースクイーンにとってコスチュームは神聖なものだから……たしかにそういうことを言われたことはありますけど、わたしは断固として断りました」

「本当ですか？」

顔色をうかがいながらさらにニヤニヤしてやると、麻衣の頬がみるみる赤く染まっていき、下を向いた。たとえセックスをしたことがないのが事実でも、彼女はその格好でオナニーはしているのだ。

「したいと思ったことはあるでしょう？」

耳元で小さくささやく。

「なるほど、現役のときは神聖な衣装でも、いまとなっては過去の話……美しい思い出に包まれながらいやらしいことをしたいって考えたこと、本当に一度もありませんか？」

「そっ、それはっ……」

麻衣は頬を赤く染めたまま、チラチラと上目遣いを向けてきた。「浮気者」ということは、「正直者」だということだ。彼女は嘘をつくことを苦痛に感じ、欲望に対して正直な女なのである。

「奥さんっ！」

ガバッと抱きしめた。自分より高身長の女を抱きしめるのは初めての経験だったが、レースクイーンのコスチュームのせいで異様に興奮してしまう。

「ダメですっ！」

麻衣はいやいやと身をよじったが、哲彦にはまだ、切り札が一枚残されていた。

「僕はとびきりエッチな匂いに敏感なタチでしてね。嘘をついても誤魔化しきれない。この格好でセックスしたことはなくても、オナニーしたことはあるんじゃないですか？　それも、つい最近……」

「ええっ？　えええっ？」

図星を突かれた麻衣は完全に混乱しているようだった。いやいやをすることも忘れて、哲彦の顔をまじまじと見てくる。

「ベッドに入る前にこの格好に着替えて、自分で自分を慰めたことはありませんか？ニーハイブーツまで履いた両脚を、いやらしいM字にひろげて……その中心を指で……」

「いっ、言わないでっ！」

麻衣はいまにも泣きだしそうな顔で叫んだ。

「わっ、わたしだって、健康な大人の女なんですっ……性欲くらいあるんですっ……

でもっ……でもっ……夫がいないから、つい……」

やはり彼女は、嘘がつけない正直な女だった。

「おっしゃるとおりですよ。僕はなにも、オナニーが悪いなんてひと言も言ってない。僕だって……ネットで拾った奥さんの画像を眺めながら、何度も自分で自分を慰めましたよ……何度も何度も……」

言いながら、腰のあたりをまさぐっていく。エナメル質のトップスは、バストの下を見せていて、素肌に触れることができる。素肌のなめらかさも、お腹の平べったさも、腰のくびれも完璧であり、そこだけでも男の大好物がぎゅっと詰まっているようだった。

「不毛だと思いませんか？　お互いひとり暮らしで広い家をもてあまし、そのうえオナニーばかりしてるなんて……隣人になったのもなにかの縁でしょうから、ここはひとつ、お互いに協力して……」

腰から下を隠している白いミニスカートは、ひらひらした柔らかい布地でできていた。ヒップを撫でると、手のひらにキュッと上を向いた丸みが伝わってきた。ニーハイブーツの踵が高いせいもあるが、これほどの美尻を撫でた記憶はいままでにない。手のひらで丸みを吸いとるように、撫でまわしてしまう。撫でれば撫でるほど、美尻のいやらしさに息を呑まずにいられない。

「ダッ、ダメですっ！」

尻を撫でていた右手を前にまわしていくと、麻衣はさすがに声を跳ねあげた。

「こっ、これ以上は許してくださいっ……わたし、夫を裏切れませんっ……浮気はできないんですっ……」

「裏切ることになんてなりませんよ……」

哲彦は太腿を撫でまわした。油じみた光沢を放っているナイロンは、ざらつきも控え目で触り心地がなめらかだ。

「だってご主人は、奥さんが『浮気者』だって思ってるんでしょ？　そういう認識で結婚したってことは、浮気されるのも込みで愛しているんですよ。もしかしたら、ネトラレ願望さえあるかもしれない……」

「そっ、そんなっ……そんなことありませんっ……」

いやいやと身をよじりながらも、哲彦の右手が股間に到達すると、麻衣はハッと息を呑んだ。こんもりと盛りあがった恥丘を、ねちり、ねちり、と撫であげるほどに、紅潮した美貌を淫らがましく歪めていく。

哲彦の脳裏にはまだ、三日前にのぞいたオナニーシーンが鮮度抜群で保たれていた。

麻衣がM字開脚の体勢になり、その中心をどんな指使いで刺激していたか、しっかりと覚えていた。

芋虫のように這う指使いだ。それを再現してやれば、麻衣の体には火がつくはずだった。彼女自身がいちばん気持ちがいいと思っているやり方を、再現しているのだから……。

「くっ……くううっ……」

指先を恥丘からじわじわと下に向かって這わせていくと、麻衣は首に筋を何本も浮かべた。しかし、いくらつらそうにうめいても、快感には抵抗できない。踵の高いニーハイブーツを履いた両脚はガクガクと震え、けれども股間はじわじわと開いていく。もっと奥まで触ってとばかりに……。

6

麻衣は立っているのがつらそうだった。

もはや抵抗は諦めたようなので、普通ならソファに座らせてやるところだが、相手は自分より高身長のレースクイーンである。座らせてしまっては、長い美脚や高身長の魅力を味わえなくなってしまう。

「そこに手をついてください……」

哲彦は麻衣のヒップをテーブルにつけ、後ろにまわした両手で体を支えるようにうながした。そのうえで椅子を引っ張ってきて、左脚を載せさせる。超ミニ丈のスカートから、青い見せパンがチラリとのぞく。

「あぁっ、いやあっ……」

見るも恥ずかしい格好にうながされた麻衣は、顔を真っ赤にして羞じらった。とはいえ、羞じらいと興奮は裏腹の関係にある。とくに彼女は、見られて悦ぶタイプなのだ。

「いやらしい部分が見えてますよ……」

哲彦は下卑《げび》た口調でささやきながら、再び右手の中指を股間に伸ばしていく。片脚をあげたことで無防備になった女の部分を、アヌスのあたりからクリトリスに向かって、すうっ、すうっ、と撫であげる。

「あああっ……はぁああっ……」

麻衣の呼吸は早くもハアハアとはずみだし、眼の下をねっとりと紅潮させていった。すうっ、すうっ、と指を這わせるほどに、くねくねとくねる腰が卑猥だった。まるでエロティックなダンスを踊っているようでる。

素晴らしい眺めだった。この光景を脳裏に刻みこんでおけば、生涯自慰のおかずには困らないだろうと思った。

とはいえ、見せパンの生地は厚く、指腹に伝わってくる感触が物足りない。そこで、フロント部分をぐいっと片側に寄せていくと、

(……マジか?)

哲彦は一瞬、自分の眼を疑った。見せパンの下には、当然本来のパンティが股間に食いこんでいるものだとばかり思っていた。だが、麻衣は見せパンの下にパンストを直穿きにしていた。小さな小判形の草むらやアーモンドピンクの花びらが、ナチュラルカラーのナイロンに透けていた。

「みっ、見えてますよっ……」

震える声で、思わず言ってしまう。

「ぜっ、全部丸見えじゃないですがっ……」

いま片側に寄せたのは、間違いなく見せパンだった。それが本来のパンティということはない。だが、下に本来のパンティを穿いていると、はみ出してしまう懸念があるのだろうか。見せパンはよくても、はみパンはみっともない。

しかし……。

「……こっちのほうが、興奮するもの」

麻衣は長い睫毛をふるふると震わせながらつぶやいたのだった。

哲彦は唖然とした。現役のレースクイーン時代から、ノーパンで人前に立つ癖があったということらしい。

「いっ、いやらしいなっ……」

咎めるように言いながら、哲彦は麻衣の足元にしゃがみこんだ。息のかかる距離で見つめてみれば、パンスト直穿きの股間はすさまじい魔力を放っていた。センターシームのない、シームレスのパンストということもあり、透けた草むらや花びらが生身で見るより卑猥に見える。

「あああっ……」

こんもりと盛りあがった恥丘を鼻の頭で撫でてやると、麻衣はひときわセクシーに腰をくねらせた。片脚を椅子に載せているので、立ったままのクンニも容易にできそうだった。

哲彦は舌を差しだし、極薄のナイロン越しに女の花を舐めはじめた。ねろり、ねろり、と舌を這わせていくと、発情の熱気がむんむんと顔に浴びせられた。もちろん、蜜も漏らしていた。外側から唾液をまぶされ、内側から蜜を漏らしたことで、パンストの股間にみるみる淫らなシミがひろがっていく。

「……破ってもいいですか？」

麻衣を見上げて訊ねると、羞じらいに顔を紅潮させながら、コクンと小さくうなずいた。恥ずかしそうにしていても、そうされることを待っていたような感じだった。

ビリビリッとナイロンを破ると、まずは黒い草むらが姿を現した。長すぎず短すぎず、縮れの少ない繊毛が、艶めきながら茂っていた。パイパンもかなりエロいけれど、女の股間はやはり、黒い草むらがよく似合う。綺麗な顔をしていても、獣である証拠がここにある。

さらにナイロンを破って、アーモンドピンクの花びらを露わにした。大輪の薔薇《ばら》に似た、匂いたつような花だった。思わず親指と人差し指で、ぐいっとひろげてしまう。つやつやと濡れ光る薄桃色の粘膜を露わにして、麻衣の顔と股間を交互に眺める。

「いっ、いやあっ……」

麻衣は羞じらいに首を振ったが、見られて興奮していることは火を見るよりも明らかだった。なにしろ見せパンの下は、パンスト直穿きの女なのである。レースクイーンの格好のまま、女の花を奥まで剝きだしにされて、興奮しないわけがない。

「あううっ！」

薄桃色の粘膜にヌプヌプと舌先を差しこんでやると、麻衣は片脚を椅子に載せた不自然な体勢で、淫らに身をよじりはじめた。

哲彦は夢中で舌を踊らせた。薄桃色の粘膜を隅々まで舐めまわし、左右の花びらをしゃぶりまわす。合わせ目の上端にあるクリトリスをねちねちと舐め転がせば、麻衣はひいひいと喉を絞ってよがり泣いた。

「ダッ、ダメようっ……そんなにしたらっ……イッ、イッちゃうっ……イッちゃうからっ……」

普段なら焦らしたくなる哲彦も、このときばかりはそんな気になれなかった。レースクイーンを立ったままイカせるなんて、男冥利《みょうり》に尽きるというものではないか。

ところが……。

「ダッ、ダメですっ……ダメだって言ってるでしょうっ！」

麻衣のほうがイクのを拒み、椅子に載せていた片脚を哲彦の肩に載せてきた。もう一方も同じようにし、むちむちと肉づきのいい太腿で顔面をぎゅーっと挟んできた。

「むむっ！」

哲彦は一瞬、圧迫感に眼がくらんだ。相手は自分より高身長だから、太腿の量感も普通の女よりずいぶんと逞しい。

とはいえ、悪くない圧迫感だった。豊満と言ってもいい太腿が、なめらかなナイロンに包まれている感触もエロティックだった。

「ダメだって言ってるじゃないですか……」

麻衣はすぐに力を抜いてくれたけれど、できることならしばらくの間、挟んでいてもらいたかった。立ったままの不安定な体勢だから、挟まれていた時間は五秒程度だが、息がとまる寸前までされていてもよかった。

7

「今度はわたしにさせてください」

攻守交代を宣言した麻衣は、哲彦の足元にしゃがみこんでベルトをはずしてきた。ズボンとブリーフを一気にずりさげ、男のシンボルを露わにした。

「……やだ」

隆々とそそり勃《た》った男根を見て、麻衣は恥ずかしげにうつむいた。もちろん、ただ恥ずかしがっていたわけではなく、その表情には淫らな期待が滲んでいた。レースクイーンのコスチュームを身にまとっていても、いまは淋しい人妻。自分で自分を慰めなければならないほど欲求不満を溜めこんでいる……。

「失礼します……」

うつむきつつ右手を伸ばし、女らしい細指を肉棒にそっとからめる。

「ああっ……」

小さく声をもらした。

「硬くて熱い……ズキズキしてる……」

それはそうだろうと、哲彦はぐっと腰を反らした。この状況で、イチモツを硬くて熱くしない男など、いるわけがない。

「ああっ、すごい……先っぽから、もうこんなにたくさん……」

鈴口を濡らした我慢汁を見て、麻衣はまぶしげに眼を細める。息をはずませながら、根元をすりすりとしごいてくる。

次の瞬間、唇を鈴口に押しつけ、チュッと吸ってきた。

「おおおっ……」

哲彦はたまらずだらしない声をもらしてしまった。麻衣の唇はスタイル同様グラマーで、とても柔らかかった。

「ぅんんっ……ぅんんっ……」

チューチューと音を鳴らして鈴口を吸いつつ、じわじわと亀頭を口唇に咥えこんでくる。生温かい口内粘膜が亀頭にぴったりと吸いつき、舌もくなくなと動きはじめる。

(たっ、たまらんっ……)

唇や舌の感触も極上だったが、見た目はそれに輪をかけていやらしかった。高身長のレースクイーンを足元にひざまずかせてフェラをさせているなんて、サーキットを疾走する有名レーサーにでもなったような気分だ。

「うんぐっ……ぅんぐっ……」

唇の裏側が、カリのくびれをこすってくる。つるつるとなめらかな感触で、男のいちばん敏感な部分を刺激する。

麻衣はさらに深々と咥えこむと、双頰をべっこりとへこませた。感触もヴィジュアルもマックス卑猥にして、ずずっ、ずずっ、と男根を吸ってきた。

「おおおっ……おおおおっ……」

哲彦は麻衣の頭を両手でつかみ、限界まで腰を反らせた、麻衣の頭にはコスチュームのひとつである青いカクテルハットが載っている。それを落とさないように注意しつつ、小刻みに腰を前後させる。みずから動いて、口腔奉仕の快感を倍増させようとする。

「ぅんぐっ……ぅんぐぐっ……」

麻衣は鼻奥で悶えながらも、哲彦のピストン運動を受けとめてくれた。いや、それどころか、彼女のほうも唇をスライドさせてきた。こちらが腰を前に出したタイミングで、麻衣も顔を前に出してくれれば、淫らなリズムが生まれる。繰り返しの中に、肉の快楽の真骨頂があった。とはいえ、亀頭が喉奥に深々と刺さると、麻衣は呼吸ができず、美貌が歪む。それでもかまわず、こちらの快感に奉仕してくれる。

たまらなかった。

と同時に、自分だけ気持ちがいい状態が申し訳なくなり、男根を口唇から引き抜いた。どうせリズムを共有するなら、お互いに気持ちよくなったほうがいい。

体位は最初から決まっていた。レースクイーンと盛《さか》るなら、立ちバック以外に考えられない。

「そこに手をついて尻を出すんだ」

麻衣の腕を取って立ちあがらせると、テーブルに両手をつかせた。高身長の彼女と立ちバックを決めるためには、両脚の幅を広くとってもらうか、膝を曲げてもらう必要がある。

哲彦は前者をチョイスした。突きだされたヒップに腰を寄せていけば、鼓動が乱れきっていくのをどうすることもできなかった。

白いミニスカートをめくり、青い見せパンをあらためて片側に寄せていく。ストッキングの股間は破ってあり、そこを指でいじりまわせば、熱い蜜がねっとりとからみついてきた。

濡れ方は充分だった。哲彦はそそり勃った男根を支え持ち、切っ先で女の割れ目をなぞりたてた。ヌルッ、ヌルッ、とすべらせながら、穴の位置を特定し、狙いを定めていく。

「んんんっ……」

性器と性器がこすれあう感触に、麻衣が声をもらす。体中をわなわなと震わせながら、身構えている。この瞬間を待ちわびていたのは、哲彦だけではなかった。これだから、人妻はたまらない。あふれる欲情を隠しきれない。

「いくぞ……」

ぐっと腰を前に送りだし、切っ先を埋めこんでいった。麻衣の中は熱く煮えたぎり、埋めこんだ瞬間、哲彦の息がとまった。そのままずぶずぶと奥に入っていけば、男根が火柱のように熱く燃えあがった。挿入にじっくりと時間をかけるつもりだったが、とてもそんな小細工はできなかった。

「はっ、はぁうううううーっ！」

ずんっ、と最奥まで突きあげると、麻衣は甲高い悲鳴を自宅リビングに響かせた。まさに喜悦の咆哮《ほうこう》だった。後ろから入ったのに、その迫力にたじろぎそうになってしまった。

（これが……これがレースクイーンとの……オッ、オマンコッ……）

麻衣の迫力に負けないように、哲彦はすかさず腰を使いはじめた。彼女の中は奥の奥までよく濡れていたから、肉と肉とを馴染ませる必要はなかった。それにしても、こんなに焦って腰を振りだすなんて、まるで盛りのついた牡犬である。

いい歳していささかみっともない気もしたが、哲彦は鼻息を荒げて腰を振りたてた。そうせずにはいられないほど、興奮しきっていた。レースクイーンとまぐわうというのもそうだし、自分より背の高い女と性器を繋げるというのも、新鮮すぎる体験だった。

パチーンッ、パチーンッ、と尻を打ち鳴らして渾身のストロークを打ちこめば、

「ああっ、いいっ！」

麻衣はぶるっと身震いして声をあげた。

「いいっ！　いいっ！　突いてっ！　もっと突いてっ！」

ねだられるままに連打を浴びせることも、できないわけではなかった。よく濡れて、なおかつよく締まる麻衣の蜜壺は、突けば突くほどこちらの精力をみなぎらせてくれた。突いても突いても奥へ奥へと引きずりこませるような魔力をもつ、とびきりの名器だった。

しかし、女に言われるままに腰を使っては、男の沽券《こけん》に関わる。あくまでこちらのやり方で女体を支配してこそ、事後の満足感は高まるのだ。なにより、女に失望される恐れがある。ねだった通りのことしかしてくれない男なんて、面白くもなんともないだろう。

哲彦は先ほど使っていた椅子に手を伸ばし、再び近くまで引き寄せた。麻衣の右脚をそれに載せると、

「あううううーっ！」

結合感が深まり、麻衣はのけぞって歓喜に震えた。

「あっ、あたってるっ……いいところにあたってるっ……おっ、奥にっ……」

哲彦はさらに、彼女の胸に後ろから手を伸ばしていった。エナメル質のトップスを強引にずりあげた。露わになった豊満な乳房に指を食いこませ、ぐいぐいと揉みしだ

いた。彼女の背中とこちらの胸が密着したからだろうか、そこに至ってようやく、高身長の女とまぐわっている実感が味わえた。

「ああっ、いやっ……あああっ、いやあああっ……」

左右の乳首をつまみながら、腰をひねって最奥をぐりぐりしてやれば、麻衣は手放しでよがりはじめた。哲彦は忘我の境地で、高身長のレースクイーンを責めたてた。腰をグラインドさせてはピストンし、ピストンしてはグラインドさせる。そうしつつ、乳首を押しつぶしてはひねりあげ、時に爪まで使ってくすぐりたてれば、麻衣はもう、ひいひいと喉を絞ってよがり泣くことしかできない。

（たまらんっ……たまらんぞっ……）

片脚を椅子に載せた立ちバックは、思った以上に具合がよかった。麻衣の体型と相性がいいのかもしれない。立ちバックなのに深く入っていけるから、名器がもたらす快感を余すことなく味わえる。深く入っていけるということは、麻衣のほうもたまらないらしく、女壺はとめどもなく新鮮な蜜を漏らしつづける。もうこちらの玉袋の裏まで、したたり流れてきている。

「ダッ、ダメッ……ダメようっ……」

麻衣が首をひねって振り返った。

「そんなにしたらイッちゃうっ……わたし、イッちゃうっ……ぅんんっ！」

涎《よだれ》まみれの唇をキスで塞ぎ、言葉を奪った。もはや、言葉などなんの意味もなかった。舌と舌とをからめあわせれば、切羽つまっていた麻衣の顔が蕩けた。焦る必要などなにもない。イキたかったらイケばいい——舌の動きにメッセージを込め、たっぷりとからめあわせていく。

「ぅんんっ……ぅんぐぐっ……」

腰のグラインドに熱をこめれば、一瞬蕩けていた麻衣の顔が、再び切羽つまりはじめる。美貌がみるみる紅潮していき、濡れた瞳が焦点を失う。

「……ダッ、ダメえええええーっ！」

キスを続けていられなくなった麻衣は、両脚をガクガク震わせながら叫んだ。

「もっ、もうイクッ……わたし、イッちゃうっ……イクイクイクイクッ……はっ、はぁあああああーっ！」

ビクンッ、ビクンッ、と腰を跳ねさせ、麻衣は絶頂に達した。次の瞬間、蜜壺がぎゅっと締まって、男の精を吸いだしにかかった。自分より高身長のレースクイーンをオルガスムスに導いた満足感が、哲彦の身心を解放した。射精をこらえていることができなくなった。

「こっ、こっちもっ……こっちも出すぞっ……」

「ああっ、出してっ！　出してえええーっ！」

体中の肉を淫らがましく痙攣させながら、麻衣が絶叫する。

「中で出してっ！　子宮にかけてっ！　出しても大丈夫だからっ！　赤ちゃんできないからあああーっ！」

「むううっ！」

中出しＯＫの言葉に、哲彦は全身を燃え盛らせた。火柱と化した男根で、締まりを増した蜜壺を突いて突いて突きまくった。熱狂的な興奮の中、射精の予兆が近づいてくる。硬さを増した男根に反応し、蜜壺の中の肉ひだという肉ひだがからみつき、吸いついてくる。

「でっ、出るっ！　もう出るっ！　おおおっ……おおおおおーっ！」

雄叫びをあげて最後の一打を突きあげた。下半身で爆発が起こり、マグマのように煮えたぎった粘液が、マッハのスピードで尿道を走り抜けた。ドクンッ、ドクンッ、と続けざまに畳みかけられる射精が、頭の中を真っ白にしていった。

「うおおおお……」

「ああっ、感じるっ、子宮にかかってるぅ……」

麻衣も身をよじりながら、中出しに応えてくれた。

痺れるような快感に全身を乗っ取られ、意識さえ薄らいでいく。それでもしつこく腰を使って、哲彦は最後の一滴まで漏らしきろうとする。我ながら浅ましい態度だったが、中出しの快感の前には、恥も外聞も捨てるしかない。

しかし——。

もうこれ以上出ないというところまで、男の精を絞りだした瞬間だった。

遠くから物音が聞こえた。

いや、遠くではない。すぐそこにある玄関だ。リビングと玄関の間には短い廊下があるが、中扉を開けたままなので、音は筒抜けだった。

「おーいっ、麻衣ーっ！」

男の声が聞こえた。靴を脱ぐのももどかしく、一刻も早く声をかけたい——そんな心情が伝わってくる声だった。

「僕はやっぱり、キミなしではいられない。キミをひとり日本に残して海外に行くなんて、馬鹿なことをしちまった。でももう安心してくれ。会社には辞表を出したから……僕はもう、一日だってキミの側から離れないよ！　おーい、どうした、麻衣っ！いないのかーっ！」

彼が再会を待ち望んでいる愛妻は、留守にしていたわけではなかった。レースクイーンのコスチュームに身を包み、片脚を椅子に載せた立ちバックで、隣家の男と性器を繋げていた。

エピローグ

隣の星川夫婦の引っ越しをする業者のトラックを、哲彦は自宅のカーテンの隙間から、こっそりと見送った。

まったく、ひどい目に遭った——と言いたいのは、麻衣の夫のほうだろうが、哲彦にしても、生きた心地がしなかったのは事実である。夫のいない隙に妻を寝取り、あまつさえその現場を見つかってしまったのだから……。

ひと晩中土下座してなんとか許してもらったものの、彼の心の傷を思えば同じ男として本当に申し訳なかった。殺されてもしかたがなかったし、実際、怒り狂った彼は裁判を起こして社会人生命を奪ってやるとまで息巻いていたのだ。麻衣が庇《かば》ってくれなければ、哲彦の人生は破滅していただろう。

それにしても……。

また隣の女を見送ることになり、深い溜息がもれる。

友梨奈の占いは、いったいなんだったのだろう？　あの夜、泥酔して未来を悲嘆していた哲彦に対し、彼女はなにを閃いたのか？　「隣の女」というワードの正体は？　訊ねたくても、友梨奈はもう日本にはいない。訊ねたところで、こちらの納得のいく答えが返ってくるとも思えないが……。

麻衣とのあれこれですっかり乱れていた気持ちがようやく落ち着いてきたのは、夜風が生ぬるく感じられるようになったころだった。

春がもうすぐそこまで来ていた。

あと一週間もすれば桜の花が満開に咲き乱れ、その下でどんちゃん騒ぎの宴会が始まる。

しかし、哲彦は桜の花の下ではしゃぐ気にはなれなかった。いろいろあったが結句、花嫁候補は見つかっていないからだ。はたして、自分と結婚してくれる女性は現れるのだろうか。

（とにかく、もう人妻なんかに惑わされないで、真剣に花嫁候補を探さないと……）

五分咲きの桜を見上げながら夜の街をふらついていると、「占」の文字が眼にとまった。黒いベールを被った女がふたり、路上に並んでいる。

（まさか、友梨奈さん？）

占いなど金輪際してもらうつもりはなかったが、そこに友梨奈がいるとなれば話は別だった。またもや隣の女は人妻だったと、愚痴のひとつもこぼしたかった。先月アメリカに旅立ったばかりの彼女が、こんなところにいるわけがないと思いつつも、粗末な椅子に腰かけた。ひとりの占い師には先客がいたので、空いているほうに……。

「なにを占いますか？」

訊ねてきた占い師は、友梨奈ではなかった。銀縁メガネもかけていないし、似ても似つかない年配の女性だ。しかし、もう座ってしまったので、手相を見てもらうことにする。

「女運を見てください」

右手を差しだしつつ、隣の占い師の顔をうかがった。黒いベールで顔が見えないが、どうせ友梨奈ではないだろう。馬鹿なことをしたものだ。

正面の占い師はルーペを出して手相を見始めた。うーん、うーん、と唸りながら、何度も首をかしげて考えこんでいる。そんなに悪い運勢なのか、不安がこみあげてくる。

「元カレとよりを戻す方法はありませんか？」

隣の客の声が自然と耳に入ってきた。若い女のようだった。

「おまじないとかあるなら、なんでもすがってみたい心境なんです……別れたのは、全面的にわたしが悪いんです。結婚するつもりで家まで買ってもらったのに、逃げだしたのはわたしですから……マリッジブルーっていうか、ちょっと怖くなっちゃったんです。結婚って、ひとりの男の人を一生愛するってことじゃないですか？　そんな先のことまで、いま決めちゃって本当に大丈夫かなって……でも、別れてからあらためてまわりを見渡してみたら、元カレくらい相性がいい人っていないんです。ひとりになったから誘われたデートはなるべく受けるようにしたんですけど、みんなチャラかったり、頼りなかったり、なんていうか、真面目にわたしを愛してくれる感じがしない……元カレは、一見冴えない感じなんですけど、そこだけはしっかりしてました。この人は絶対にわたしを一生愛してくれるに違いないって、それを疑ったことすらありません……なのにわたし、一時の気の迷いで別れちゃったりして……なんてことしちゃったんだろうって、毎晩泣いてます……彼のこと、すごく傷つけたと思いますし……謝ったら許してくれますかね？　それとも、もう新しい彼女ができちゃったかな……やだもう……考えるだけで涙が出てくる……」

哲彦の手相を見ていた占い師がなにかしゃべりだしていたが、まったく聞いていなかった。

もうひとりの占い師もまた、友梨奈ではなかった。

しかし、隣に座って切々と過去を嘆いている女の声に聞き覚えがあり、話の内容には心当たりがありすぎた。

「すいません、もういいです」

哲彦は金を払って、立ちあがった。そして、隣の女が、占いを終えるのを後ろで静かに待った。彼女を占っている占い師は当たり障りのないことしか言わなかったので、彼女はひどく落胆したようだった。お金を払い、溜息まじりに立ちあがって振り返ると、彼女は眼を大きく見開いて息を呑んだ。

哲彦を捨てていった元カノだった。


（了）

※本作品はフィクションです。
作品内の人名、地名、団体名等は
実在のものとは関係ありません。

長編小説
となりの甘妻《あまづま》
草凪《くさなぎ》 優《ゆう》

2019年2月19日　初版第一刷発行

ブックデザイン……………………橋元浩明(sowhat.Inc.)

発行人……………………………………………後藤明信
発行所………………………………株式会社竹書房
〒102-0072　東京都千代田区飯田橋2－7－3
電話　03-3264-1576（代表）
03-3234-6301（編集）
http://www.takeshobo.co.jp
印刷・製本…………………………凸版印刷株式会社

ISBN978-4-8019-1774-3　C0193